Duinkerken

Een roman uit de Tweede Wereldoorlog

Richard G. Hole

Duinkerken
Een roman uit de Tweede Wereldoorlog

Richard G. Hole

Tweede Wereldoorlog

KORTE INHOUD

Hij leunde een beetje achter in de loopgraaf en keek naar de dikke rook die van de stad Duinkerken dreef.

Het was duidelijk dat daar genadeloos werd gevochten en dat de mannen in de stad het behoorlijk zwaar moesten hebben.

Met grote blauwe ogen naar de sergeant starend, kwam de jongste van het peloton naar hem toe.

Er was een smekende toon in zijn stem toen hij zei:

'Zullen we tijd hebben, brigadier?

De sergeant draaide zich niet om, maar vroeg:

"Tijd voor wat?

"Om daar te komen ...

Duinkerken is een verhaal dat deel uitmaakt van de Tweede Wereldoorlog-collectie, een reeks oorlogsromans ontwikkeld in de Tweede Wereldoorlog.

DUINKERKEN

HOOFDSTUK I

Gevolgd door zijn mannen sprong Adams in de geul waar zojuist een explosie had plaatsgevonden. Hij had perfect de sprong gezien die de Franse soldaat maakte voordat hij viel, toen de mortiergranaat niet ver van de ongelukkige man ontplofte. Terwijl zijn jongens de kleine loopgraaf bezetten, draaide Adams zich om naar het lichaam en zag de enorme granaatscherven die in de nek van de soldaat waren gemaakt.

Ed Cooper zuchtte naast hem.

'Ze hebben hem geslacht als een varken...' zei hij.

Adams knikte. Hij bleef naar het lichaam van de man kijken en vooral naar het bloed dat uit zijn nek gutste. Hij dacht er maar even aan de Fransman te helpen; maar bijna onmiddellijk moest ze van top tot teen gehuild hebben en haar huidskleur veranderde en werd papierachtig wit.

Toen bevroor hij.

Sam, Horace, Peter en Justin waren aan het andere eind van de loopgraaf, waar de eerste twee het machinegeweer aan het opzetten waren. Ed stond nog steeds naast de sergeant en staarde stompzinnig naar het lijk van de Fransman. Links in de verte waren de kannonades van de Duitse tanks en de reactie van de Franse antitanks duidelijk te horen.

'Zullen we het weggooien? vroeg Ed Cooper.

"Niet doen. Laat het daar" antwoordde de sergeant. Ik denk niet dat we te lang in dit gat hoeven te blijven. Het zal ons niet meer storen...

Een machinegeweer begon heftig voor hen te schieten. De kogels floten over de hoofden van de Engelsen en ze bleven aan de bodem van de loopgraaf plakken en lieten de projectielen passeren alsof er niets was gebeurd. Adams Shaw ging rustig zitten en stak een sigaret op. Een groep Stuka's passeerde als een hartverscheurende donderslag boven haar hoofd.

De dode man legde een gewelddadig briefje in de loopgraaf. Het bloeden was gestopt en de wond werd zwart. Sommige vliegen, die eerst aarzelden, landden openhartig op het gezicht en rukten met kleine sprongen op naar de opening die door de granaatscherf was gemaakt.

"Verdomme vliegen! Ed gromde. Zij zijn degenen die profiteren ...

Er verscheen een spottende glimlach op Adams Shaws lippen.

'Dat deden ze niet,' antwoordde hij, de soldaat aankijkend. Het zijn de wormen die later profiteren. Maar wat kan dat nog uitmaken?

Hij leunde een beetje achter in de loopgraaf en keek naar de dikke rook die van de stad Duinkerken dreef. Het was duidelijk dat daar genadeloos werd gevochten en dat de mannen in de stad het behoorlijk zwaar moesten hebben.

Justin Selby, de jongste van het peloton, staarde met grote blauwe ogen naar de sergeant en kwam naar hem toe. Er was een smekende toon in zijn stem toen hij zei:

'Zullen we tijd hebben, brigadier?

Adam draaide zich niet om, maar vroeg:

"Tijd voor wat?

"Om daar te komen.

'Gaat het hier niet goed met je, kleintje?

'Dat is het niet, meneer,' antwoordde Selby. De boten zijn er, en dus de enige manier om thuis te komen.

Toen draaide de sergeant zich naar hem om en staarde hem aan.

"Waarom heb je er niet beter over nagedacht, Justin? Je werd meegesleept door het enthousiasme, toch? Het lijkt erop dat ik je zie, met het gloednieuwe uniform, afscheid nemen van de jongens van de buurt en naar ze kijken, op en neer, met minachting. Je moet thuis zijn gebleven, jongen. Er was nog een lange tijd te gaan voordat je werd opgeroepen. Maar je wilde van jezelf de held maken ...

Ze realiseerde zich dat Justins gezicht asgrauw was. Er was geen duidelijker teken van angst en de sergeant herkende het meteen, alsof de jongen het op zijn gezicht had geschilderd.

"Heb een beetje geduld", zei hij na een pauze. Het gaat ons lukken om hier weg te komen.

"Dank mijn Heer.

'Ga nu naar je huis, jongen.

"Ja.

Ze waren afgedwaald van het midden van de Duitse aanvalslinie. De hele compagnie had de taak op zich genomen om de rechterflank te bewaken om te voorkomen dat de Duitsers een van hun beroemde "tassen" zouden dragen, waardoor veel Engelsen en Fransen de kade van Duinkerken niet konden bereiken. Het was normaal dat iemand met de lelijkste danste, dacht de sergeant. Immers, zolang ze leefden, wisten ze het.

Ed Cooper, die voor in de loopgraaf stond, draaide zich op dat moment om.

"De tanks! Hij waarschuwde.

Adams Shaw keek weg van Duinkerken, ging naar zijn mannen en keek in de richting die Cooper aanwees. Vier bruine vlekken rukten op over het land.

Toen keek hij naar de greppel, tevreden dat hij smal en diep was, als een greppel. Het was de enige verdediging die ze zich konden veroorloven tegen nazi-pantser. Zijn stem verheffend om de dreun van de eerste kanonschoten die de tanks al afvuurden te beheersen, schreeuwde hij:

'Weet je wat we moeten doen, jongens! Je moet ze voorbij laten gaan. Antitankkanonnen zijn achter. Wat we moeten voorkomen is dat de infanterie achter die potten komt.

Waarom had hij nogmaals die instructies herhaald die zijn mannen uit hun hoofd kenden? Wat hadden ze meer dan veertien uur lang gedaan, behalve schieten op Duitse infanterie die zich aan karren vastklampte, in een poging de uiterste wijken van Duinkerken binnen te dringen?

Glimlachte.

Hij was het allemaal zat. En het was buitengewoon pijnlijk om zonder rust terug te gaan en jezelf te demonstreren hoe onbekwaam het leger was waarvan hij deel uitmaakte. Hij was in Frankrijk aangekomen met de bijna volledige zekerheid dat de Duitsers, voor het eerst in die oorlog, de exacte pasvorm van zijn schoen zouden tegenkomen. Hij stond zelfs enkele grappen toe, in Engeland, toen de gebeurtenissen in Polen.

"Het zal ons niet hetzelfde overkomen", had hij gezegd. Die Polen zijn dapper, niemand twijfelt eraan, maar ze weten niet hoe ze oorlog moeten voeren. Je zult zien wanneer de nazi's ons zullen aanvallen ... »

Maar het was duizend keer erger geweest.

Adams zat al tien jaar in het leger en het was buitengewoon gemakkelijk voor hem om zijn ware gemoedstoestand af te lezen op de gezichten van zijn superieuren. Dus toen de Duitsers begonnen op te rukken, realiseerde hij zich dat dit nog veel erger zou zijn dan wat er in Polen was gebeurd. En toen hij zich realiseerde dat iedereen bang was, dat de Duitse superioriteit overal de overhand had, dat de desorganisatie begon te ontstaan in de Engelse en Franse eenheden, voelde hij een enorme afkeer.

Maar nu had hij geen tijd om hetzelfde te ervaren.

De tanks naderden op volle snelheid en zijn mannen hurkten ineen en probeerden niettemin te zien of de Duitse infanterie naast het pantser bewoog. Met het machinegeweer dat het peloton bezat, hadden ze geen illusies om die stalen monsters te stoppen die vuur spuwden uit al hun kanonnen en machinegeweren. Het was ook niet mogelijk om ze met bommen tegen te houden, zoals sommige jongens in België hadden geprobeerd om onder de kettingen te worden verpletterd. Ze misten veel ervaring en geen van hen was bereid om het pantser van aangezicht tot aangezicht te bestrijden. De aarde begon te trillen in de nabijheid van de zware stalen monsters.

Maar zodra de tanks over hen heen reden, leunden de Britten weer voorover en plaatsten het machinegeweer in positie, schoten op de Duitse infanteristen die, beschermd door hun pantser, aan die kant probeerden op te rukken. De wapens kraakten meedogenloos en Adams keek tevreden toe hoe de Duitsers zich op de grond wierpen, sommigen vielen om bij te blijven.

Bijna op hetzelfde moment begonnen de antitankkanonnen die zich op honderd meter van de loopgraaf bevonden snel op het Duitse pantser te vuren. Sommige projectielen landden in de buurt van de greppel en produceerden een droge, afschuwelijke dreun die een intense pijn in de oren achterliet.

Nadat hij een blik had geworpen op de plaats waar de Duitsers op de grond waren gevallen en merkte dat ze niet opstonden vanwege het intense vuur van het machinegeweer, draaide Adam Shaw zich om en keek in de richting van de Duitse tanks, en merkte met voldoening op dat twee van hen al in brand stonden en dat een ander net was ontploft, direct geraakt door een granaat van de Britse kanonnen.

Hij merkte ook op dat de inzittenden van een van de tanks op de grond sprongen en achterover vielen, naar de loopgraaf renden, op zoek naar steun van de Duitse infanterie. Toen bracht hij het machinegeweer naar zijn gezicht en wachtte geduldig tot de Duitsers dichterbij kwamen. Toen haalde hij de trekker over en voelde enorme voldoening bij de sprong die de tankbewoners maakten en de pirouettes die ze maakten voordat ze op de grond tot stilstand kwamen.

Hoe kon hij zo'n voldoening voelen bij het doden?

Hij was er te snel aan gewend geraakt. Maar misschien was die woede die hem beving was geboren toen hij de eerste lijken van zijn Engelse metgezellen en van zijn vrienden, de Fransen, zag.

Het was een heftige reactie op de dood, alsof hij vanaf het begin een beetje apart had gestaan en toen ineens in het spel kwam van die nieuwsgierige dame die tenslotte de absolute eigenaresse van het slagveld was.

Iemand kwam van links en Adams stond op het punt hem neer te schieten. In een fractie van een seconde werd hij zich bewust van het uniform en de helm, bijna onmiddellijk herkende hij luitenant Barney die even later in de loopgraaf viel.

Hij struikelde bijna over het lichaam van de Fransman, keek hem aan en richtte zijn ogen op het gezicht van de sergeant.

"Wie is het?" vraag ik.

Shaw haalde zijn schouders op.

'Ik weet het niet, meneer. Hij stierf bijna toen we hier aankwamen.

"Gaat alles goed in je peloton?

"Ja meneer. Ziet u...

'Ja. De kapitein is zojuist vermoord, sergeant. Ik heb de compagnie overgenomen. Ik breng orders van het bataljon.

'Heeft de commandant Duinkerken niet bereikt?

"Ja, het is daar aangekomen. En hij heeft met mij via de radio gebeld. Twee van de bedrijven zijn al aan de slag. Maar we moeten het nog even volhouden.

"Ik begrijp het.

'We zullen wachten tot de nacht komt,' vervolgde de officier. Dan trekken we ons terug. Zijn peloton is het verst gevorderd. Staan er veel Duitsers voor je?

'Een paar, luitenant. Maar je kunt zien dat ze stil zijn gebleven. Ze weten niet hoe ze iets moeten doen als ze niet worden vergezeld door een flinke handvol tanks.

De officier glimlachte.

"Het gaat niet zo goed in Duinkerken", vervolgde hij. Velen sterven voordat ze de schepen bereiken en de lanceringen springen in de lucht, verscheurd door de bommen van de Stuka's. Ik weet niet of we daar kunnen komen, sergeant...

'We zullen ons best doen, meneer.

Peter schreeuwde op dat moment.

'Ze komen weer!

De officier en de sergeant renden naar de zijkant van de loopgraaf en keken hoe de Duitse groepen opstonden en resoluut op hen af kwamen. Opnieuw blafte het machinepistool en opnieuw moesten de Duitsers aan de grond blijven. Maar er was geen twijfel dat deze situatie niet te lang kon duren.

Luitenant Barney zuchtte.

Dan zei hij:

'Probeer het zo lang mogelijk vol te houden, Shaw. Het is noodzakelijk dat de Duitsers niet van deze kant doordringen. Het zou catastrofaal zijn voor degenen die proberen aan boord te gaan. Aan de andere kant, "legde hij uit", verzetten de Fransen zich vrij goed en hebben twee regimenten bijna heel aan boord laten gaan. We moeten ons deel doen.

"Natuurlijk.

De luitenant keek nog een keer naar de Duitsers, rekende snel hun aantal uit en concludeerde dat Shaws pelotonmachinegeweer hen kon tegenhouden, nog een tijdje. Toen legde hij zijn hand op de mouw van het gescheurde jack van de sergeant en zei:

'Ik ga terug naar het bedrijf, sergeant. En vergeet niet dat je in de schemering de greppel moet verlaten.

"Ja meneer!

Het Duitse vuur was enigszins gezakt en luitenant Barney maakte van het moment gebruik en sprong snel uit de loopgraaf.

Dat had hij nooit moeten doen.

Hij had nauwelijks zijn knieën naar de achterste rand van de borstwering gebracht of hij draaide zich om en viel plat op zijn gezicht, huiverend van top tot teen. De sergeant rende naar hem toe en Justin Selby ook. Ze rukten allebei aan de voeten van de luitenant, grepen hem toen en legden hem voorzichtig op de bodem van de greppel.

De jonge Justin voelde een rilling over zijn rug lopen.

Hoe onwaarschijnlijk het ook leek, Barney had twee kogels gekregen: een in de linkerschouder, waardoor hij snel ronddraaide, en een andere, de lelijkste, recht in zijn mond. Het bloed stroomde overvloedig uit de tweede van de wonden, en de ogen van de officier waren groot van een uitdrukking van onuitsprekelijke afschuw. Hij keek naar de sergeant en toen ging zijn hand, die over zijn gezicht was gegaan en gedrenkt in bloed was teruggetrokken, naar de rechterborstzak van de krijger, in een poging hem los te maken.

Adams haastte zich om hem te helpen.

Hij haalde zijn aktetas tevoorschijn en het was genoeg om in de ogen van de luitenant te kijken om te begrijpen wat hij wilde. De arme officier moet verschrikkelijk hebben geleden, en nu vermengde zich een overvloedig schuim met het bloed dat kwam van de plaats waar zijn mond bijna volledig was afgescheurd door het projectiel.

Ademhalingsmoeilijkheden verschenen bijna onmiddellijk en de dood snelde naar voren, met grote sprongen, terwijl het lichaam van de officier last had van constante stuiptrekkingen en uiteindelijk verstijfde, stijf werd als een stok, en zijn vuisten balde tot zijn knokkels helemaal wit werden.

Justin bedekte zijn ogen van afschuw.

'Mijn God! riep hij uit.

Adams beet op zijn lip, opende een beetje zijn portemonnee en keek naar de foto's die hij al kende. Barney's vrouw en twee kinderen: Twee mooie kleine jongens, een tweeling, ongeveer acht jaar oud, lachend aan de deur van hun huis, naast hun moeder, een erg mooie vrouw met lang goudkleurig haar.

Adams stopte de documentatie van de luitenant in zijn zak en keek naar de Duitsers die nog steeds de kogels van het machinepistool ontvingen. Hij merkte toen op dat de Duitsers zich in groepen begonnen terug te trekken. Hij wilde de gruwelijkheden die hij dacht niet hardop zeggen en vuurde een salvo af met zijn machinepistool, terwijl hij wenste dat de kogels de stukken vlees van de tegenstander zouden afscheuren, zodat hij, met de hoogste prijs, zou betalen wat hij zojuist had gedaan in de persoon van luitenant Barney.

Naast hem zei Justin Selby met een jammerende stem:

'We moeten gaan, meneer... We hebben er later geen tijd meer voor.

Ze draaide zich naar hem om en keek hem aan met de felheid van haar blik.

"Stil, idioot! Hij brulde. Je denkt alleen aan je ellendige huid ...

De soldaat liep weg, bang.

Adams Shaw wierp een blik op de luitenant en liet een reeks vloeken los om zichzelf te vertellen dat het zeer waarschijnlijk was dat ze allemaal op dezelfde of vergelijkbare manier zouden eindigen.

Het geraas van de strijd hield de hele middag niet op.

Maar de Duitsers verschenen niet meer voor de loopgraaf die door het peloton van Shaw was bezet en Shaw bleef, net als zijn mannen, gedurende die eindeloze uren oplettend en observeerden van een afstand, met nieuwsgierigheid niet zonder angst, de ononderbroken aanvallen van de Duitse luchtvaart die niet ophielden te vlieg over, geen enkel moment, de dichte wolk die de plaats markeerde waar Duinkerken was.

Adams begreep perfect de stemming van zijn mannen.

Ze keken uit naar de nacht om die plaats te verlaten en hun weg te vervolgen, wat het ook was, naar de haven waar de enig mogelijke redding hen wachtte. Maar het grappige is dat hij niet hetzelfde heeft meegemaakt, verre van dat. Ik zou oprecht willen dat de zaken volledig waren omgedraaid en dat de geallieerde legers genoeg macht hadden om de tegenstander te laten zien dat ze niet als konijnen zouden vluchten, maar dat ze nog een keer zouden aanvallen, het bruggenhoofd uitbreiden waarin ze zich nu bewogen rond en de nazi's terug te krijgen, hen een les te leren die ze nooit zouden vergeten.

Je bent misleid, Adams, zei hij tegen zichzelf, met oneindige bitterheid. Het is jouw plicht om deze mannen naar de haven te brengen en terug te brengen naar Engeland. Stop de onzin. Zij kunnen niet hetzelfde ervaren als jij. Hoe wil je dat ze je bitterheid kennen? Het zou veel beter zijn geweest als deze Fransman of luitenant Barney nog in leven was en dat die kogels die hun voorraad beëindigden in je lichaam vastzaten. Maar is het mogelijk dat je op deze manier de dood wenst? Verdient dat wijf het...? »

Hoe gemakkelijk was het om je op die momenten te laten meeslepen door herinneringen!

Hoewel niemand het kwalijk nam dat hij een volmaakte idioot was geweest. En het was niet dat ze het niet hadden gemerkt. Iedereen, zijn familie, zijn vrienden ... Ze hadden hem duizend keer, voorzichtig, verteld, wetende dat hij op geen enkele manier zou instemmen, dat iemand zich de luxe veroorloofde kwaad te spreken over die vrouw met wie hij gek was verliefd.

Hoe blind was hij geweest!

Er was geen grotere waarheid in het leven dan die zei dat de bedrogen mens de laatste is die het bedrog beseft waarvan hij het voorwerp is. Maar de waarheid, veel meer waar dan alles, was alle emotie die hij ervoer toen hij dicht bij haar was, toen hij in haar ogen kon kijken, toen haar handen met de hare verstrengeld waren, toen hij het contact voelde van Deborah's ziekelijke vlees, toen hij de zoete en warme smaak van haar lippen bleef op zijn mond ...

Herinneren...

Het was alsof het verband dat hun wonden bedekte van een zieke werd verwijderd, alsof de stroken tape plotseling werden afgescheurd en stukjes huid werden weggenomen, zonder scrupules en zonder genade. Maar dat beviel hem vreemd genoeg. Beetje bij beetje was hij eraan gewend geraakt zichzelf pijn te doen, met echte passie aan die maagzweer te peuteren.

Het was alsof hij voor onbepaalde tijd de prijs wilde betalen van een verraad dat hij als laatste had gekend. En nu, toen de gezichten van zijn goede vrienden voor hem paradeerden, met die ironische glimlach die ze later op hun lippen durfden te toveren, toen hij de waarheid leerde kennen, voelde hij zijn lichaam verstijven, zijn spieren onder zijn huid verkrampen en een geknars van tanden werden geproduceerd in zijn mond die gevuld was met een bittere smaak, zoals van gal ...

En het ergste van alles is dat hij niet naar het advies had geluisterd, dat hij zijn oren had bedekt en zijn ogen had gesloten voor de woorden en beelden die zovelen probeerden te wekken in zijn sluimerende brein, gedomineerd door passie. En toen hij de moed had om haar mee te nemen naar het kantoor van de burgemeester, toen hij de vreselijke fout beging haar zijn naam te geven, voelde hij zich de dwaas, zo volkomen gelukkig en gelukzalig dat hij zich nu roerde van woede, alsof die momenten was de ergste van zijn leven geweest. leven.

Waarom had hij haar niet vermoord? Waarom liet hij de verschrikkelijke belediging ongestraft?

Het leek haar een leugen dat hij zich zo stom had kunnen gedragen en dat hij, in plaats van hem alles te verwijten wat hij haar voor en na zijn huwelijk aandeed, haar op brute wijze in de steek liet, maar zonder ook maar een woord te zeggen, haar bij de huis dat hem zoveel moeite had gekost. rijden en, wat nog erger was, haar de mogelijkheid geven, wat nu meer dan ooit voor de hand lag, om oorlogsweduwe te worden, met een prachtig pensioen dat kon worden besteed aan alle oliën, die ze niet echt nodig had, maar die toenam tot het onbeschrijfelijke de wilde schoonheid van zijn gezicht.

Wat had ze met bitterheid geworsteld en hoe had ze voor iedereen het afschuwelijke probleem in haar verborgen!

Omdat niemand een woord kende. In ieder geval in de eenheid waar hij vocht. Zelfs de zeer domme man bleef brieven schrijven, waarop nooit een antwoord kwam. Brieven die anderen laten zien dat hij een gelukkig man was, dat hij niet de arme nar was geweest, in de handen van die vrouw, die in hem, vanaf de eerste keer dat ze elkaar ontmoetten, het gemakkelijke, volgzame en eenvoudige instrument van zijn ondraaglijke koketterie had herkend .

Hij zou graag de huid van zijn handen hebben gescheurd als hij zich de strelingen herinnerde die hij gaf aan een onecht vlees, waarover andere handen, talloze handen, voor hem waren gegaan. Hij zou zijn lippen hebben gesneden met een mes, genadeloos tot zijn eigen pijn, denkend aan de kussen die hij op de mond legde die andere lippen vele malen hadden gekust en die in staat waren een passie en een onschuld te simuleren die veel erger waren dan het bedrog dat gepleegd werd. .

Hij vroeg zich af of het mogelijk was dat dit alles in hem een soort bijna volledige overgave aan zijn eigen veiligheid teweegbracht. Het maakte hem boos toen hij zich voorstelde dat de moed die hij vanaf het begin van de oorlog had getoond de dochter van zijn eigen wanhoop was. Omdat ze op duizend verschillende manieren had geprobeerd dat deel van haar verleden van hem te verwijderen, het uit haar hart en haar brein te rukken, zonder succes.

De zelfverachting die hij voelde, kon hem niets schelen, de dringende noodzaak om het voor eens en altijd achter de rug te hebben en, in de breedste zin van het woord, te vergeten wanneer de dood tot hem kwam. Het waren vergeefse pogingen geweest, verspild. En nu hij zich zijn ongeluk weer herinnerde, behaagde hij zichzelf opnieuw door zichzelf zoveel mogelijk pijn te doen, zich met smaak naar binnen te scheuren, zichzelf zo te martelen dat hij huiverde, van top tot teen, alsof hij al aan het sterven was met de stuiptrekkingen die hij had gezien. , kort daarvoor, in het lichaam van de luitenant, huiverend van de pijn voordat hij stierf.

Hij tastte in zijn zak waar hij Barneys papieren had gestopt en de foto die hij zo goed kende. Hij durfde zijn portemonnee echter niet tevoorschijn te halen. Maar hij dacht dat de dood van een man er weinig toe kan doen als hij iets positiefs en goeds in het leven achterlaat. Het was gemakkelijk voor te stellen dat de laatste gedachten van de officier over het land en de wateren waren gevlogen, om met een kracht vol genegenheid te worden geprojecteerd op die mensen die de foto reproduceerden die was genomen aan de deur van het kleine huis, in een populaire Londense wijk . . Ja, er was geen twijfel dat er een soort van rechtvaardiging is, zelfs in het aangezicht van de dood, wanneer je een diep en oprecht spoor achterlaat van iets zo positiefs als mensen die om je zullen rouwen, die je liefdevol zullen herinneren ...

Maar hij was als een verlaten hond. Een verachtelijk wezen, waar iedereen om lachte, een soort komische karikatuur die hij met zijn obscene gebaren de vuile hand had getekend van een vrouw die hij vele malen hartstochtelijk kuste...

HOOFDSTUK II

Justin Selby liep naar hem toe.

'Het is al nacht, meneer...' zei hij met gedempte stem. Adams Shaw knikte.

'Ja, jongen. Je hebt gelijk. We zullen hier moeten vertrekken.

Het was bijna helemaal donker, terwijl de stadsbranden en de bomexplosies, die achter hen bleven ontploffen, een roodachtig licht wierpen op de horizon, alsof een doodse zonsondergang op de aarde en de lucht was gegraveerd.

De sergeant naderde zijn mannen.

'Laten we ons klaarmaken, jongens', zei hij. We gaan er met veel zorg op uit. Ik heb geen flauw idee van de te volgen weg. Maar de vuren zullen ons leiden. Hopelijk hebben we een beetje geluk en zijn we in de haven voordat het laatste schip is vertrokken.

Hij gaf het peloton specifieke instructies om zich te openen en Selby en Fells achterin te plaatsen, Sam, Horace en Ed naar het midden te laten gaan en zichzelf, het machinegeweer stevig in zijn handen, aan de leiding te nemen.

Ze verlieten de loopgraaf.

Ze dachten er niet eens aan om de doden te begraven.

"Waarvoor?

Het is beter dat de Duitsers het doen als het allemaal voorbij is. Dan, dacht Shaw, zouden ze de lijken bij hun voeten grijpen en in de loopgraven gooien, en ze dan met volle snelheid bedekken, tevreden met wat ze hadden gedaan, blij dat ze deze klinkende overwinning op de Engelse en Gallische troepen hadden behaald.

Ze rukten zo snel mogelijk op, struikelend over andere loopgraven en andere onbeweeglijke lichamen. Honderden doden die overal de grond bedekten, mannen die net als zij hadden gedacht aan de prachtige mogelijkheid om uit die gigantische voorraden te ontsnappen en naar Engeland terug te kunnen keren, al was het maar om opnieuw te beginnen, zich voorbereidend om de strijd tegen de zwarte macht die in Berlijn was ontstaan.

In het licht van de vuren bleven de Stuka's hun sirenes jammeren en hun bommen laten vallen, tijdens de indrukwekkende duikvluchten, waarna ze de lucht lieten knetteren, met een afschuwelijk geluid en het hoge schuim van het water omhoog projecteerden, vergezeld van de stukken van de boten die door de bommen werden geraakt.

Maar de sergeant en zijn mannen waren nog te ver van Duinkerken verwijderd om de afschuwelijke realiteit van deze hel te beseffen. Ze bewogen door een donker gebied, te midden van een maximale stilte, die veel indrukwekkender was dan het gebulder van de explosies in Duinkerken.

De dood was de absolute eigenaar van dat land geworden en leek te glimlachen, gehurkt, wachtend op de kans om leven na leven te blijven oogsten, met een werkelijk onvoorstelbaar verlangen.

Shaw was erin geslaagd de droevige gedachten die hem hadden gekweld uit zijn hoofd te zetten en nu werd hij de man van altijd, de leider van zijn peloton, zich bewust van alles om hem heen, klaar om de trekker over te halen en iedereen kwijt te raken. hoeveel vijanden kwamen opdagen. Maar noch hij, noch zijn mannen konden ontsnappen aan de vreemde rust die hen omringde. Het was alsof ze ineens in een vreemde, paradoxale wereld waren beland, te stil en zwart om waar te zijn. Justin, die naast Peter zat, achter in het peloton, klappertandde met zijn tanden en hij deed enorme inspanningen om het geluid niet te laten horen door zijn partner, die naast hem liep.

Hij dacht aan zijn ouders, in zijn huis, in de tuin waar hij op zondagochtend werkte en de bloemen schikte waar zijn moeder zo dol op was. Hij stelde zich de vreugde van de vrouw al voor en de stevige omhelzing die ze hem zou geven als hij aan haar zijde kwam en dan ook in het lange en huiveringwekkende verhaal dat ze zou doen voor haar vrienden, in de hoekbar, naast het plein. Een kinderlijk verlangen naar heldhaftigheid had hem vanaf het begin bezeten.

Hij was klaar om te voorkomen, wat het ook was, dat iemand in het diepst van zijn ziel de angst opmerkte en ontdekte die hem vanaf het eerste gevecht overweldigde. Op dit moment beefde hij van top tot teen, en toch liet hij zich meeslepen door de lachende beelden van de nabije toekomst.

Ondanks het optimisme dat was ingeklemd tussen de angst die hij bleef ervaren, kon Justin Selby het beeld van de luitenant niet vergeten, en de herinnering aan die dood bezorgde hem koude rillingen. Hij had op geen enkel moment volledig geassimileerd wat de dood in oorlog vertegenwoordigde. Zelfs toen hij de eerste lijken zag, terug in België, voor de grote retraite, vroeg hij zich af of hij niet naar een filmsectie ging en of die lichamen, die om hem heen vielen, niet even later zouden opstaan toen de directeur van de scene bevolen om te stoppen met werken.

Het was alsof zijn jeugdverbeelding hem in zekere zin hielp zich te verdedigen tegen de verschrikkingen om hem heen die hem op een meer verschrikkelijke en directe manier wilden beïnvloeden. Maar hij liet al die ideeën varen en concentreerde zich op wat er zou gebeuren als hij thuiskwam en dat wist hem genoeg gerust te stellen, en bracht zelfs een schamele glimlach van hoop op zijn trillende lippen.

Hij bewonderde in zijn metgezellen de schijnbare onverschilligheid die ze bezaten. Natuurlijk waren het allemaal volwassen mannen en hadden ze helemaal geen fantasie. Hij wierp een blik op de man die naast hem liep en werd overmand door jaloezie en zei tegen zichzelf dat hij er alles voor zou geven om op de stille Peter Fells te lijken.

Peter was een voormalige mijnwerker uit het zuiden van Engeland en het leven was meestal niet al te ingewikkeld. Hetzelfde gebeurde met de anderen, met Sam Blue, met Horace Colton ... en een beetje met Ed Cooper, hoewel deze heel anders was dan de anderen. Sergeant Shaw noemde Cooper altijd 'de idealist'.

Als voormalig student moedigde hij zijn klasgenoten aan met echte toespraken, legde hij de geheime redenen voor die oorlog uit en toonde hij hen ook zijn diepgaande kennis van de internationale politiek. Dankzij hem leerden zijn pelotonsgenoten over het ontstaan van het nazisme, de chaotische situatie in het naoorlogse Duitsland en de omstandigheden waarin Adolf Hitler in het voordeel was geweest, waardoor hij de unieke kans in de geschiedenis kreeg om met duizelingwekkende snelheid tot aan de stroom.

Als student bewonderde Ed Cooper de Duitse wetenschappers en zei hij altijd dat als ze de macht hadden gekregen, in de stijl van die oude Griekse republieken, waarin de wijzen tegelijkertijd de heersers waren, een ander lot zou hebben genomen . Duitsland. Adams Shaw was de enige die vroeger in Coopers gezicht lachte en hem waanvoorstellingen en andere dingen noemde.

Maar Justin Selby bewonderde, net als de rest van het team, deze lange, slungelige jongen met krullend blond haar en diepblauwe ogen. Dankzij Cooper hadden ze lang plezier gehad, luisterend naar zijn gemakkelijke werkwoord, zijn woord altijd eerlijk en wijs. Ze hielden ook van de heldere kijk die Ed had op de dingen en vooral van het enthousiasme dat hij in al zijn gesprekken stopte.

Op dat moment stopte Adams en gebaarde dat zijn mannen dit voorbeeld moesten volgen.

Vooruitlopend vroeg Sam Blue, die het machinepistool vasthield, met zachte stem:

'Is er iets, meneer?

"Ik weet het niet," antwoordde de sergeant. Ik hoorde een geluid aan de linkerkant...

Blue keek die kant op en probeerde iets waar te nemen in de duisternis dat aan deze kant intenser was dan aan de rechterkant, waar de vuren van de stad het pad behoorlijk goed verlichtten. Maar hij kon absoluut niets zien, hoewel hij roerloos bleef wachten tot de sergeant het bevel tot mars zou geven.

Inderdaad, Shaw mompelde, na een paar seconden wachten:

"Ik moet het mis hebben gehad. Gaan...

En het was precies op dat moment dat plotseling een verblindend licht hen omhulde. Twee reflectoren, die elkaar kruisten, hadden ze tussen hun lichtstralen gevangen, waardoor ze volledig werden geïmmobiliseerd, waardoor ze de onmogelijkheid zagen om te vluchten, aangezien ze perfecte doelen waren geworden voor de Duitsers die dicht bij de reflectoren moeten zijn geweest, met de index op de trekker. .

Een schorre stem, te hees om Engels te spreken, die die tong een vreemd keelgeluid gaf, riep:

'Laat je wapens vallen! Je bent omsingeld!

Een paar tienden van een seconde berekende Adams Shaw hun kansen om te ontsnappen. Ze waren nul, helemaal niet aanwezig. Weerstand bieden zou krankzinnig zijn geweest en Shaw begreep het meteen. Daarom, wetende dat zijn mannen niets zouden doen totdat hij het beval, was hij de eerste die het machinepistool boos naar zijn voeten wierp, terwijl hij schreeuwde:

"Gehoorzamen!

Naast hem liet Sam Blue het machinepistool vallen en ook Horace, Ed, Peter en Justin met hun respectievelijke geweren. De schorre stem klonk weer:

"Handen in je nek, snel!

Ze gehoorzaamden.

Toen, in de lichtgevende zone, verschenen een half dozijn Duitse soldaten, die hun geweren op hen richtten, hen naderden. Een beetje naar links deed een nazi-officier met het pistool in de hand hetzelfde. Seconden later werden ze omsingeld en de officier, die degene was die tegen hen had geschreeuwd, zei, op de sergeant toelopen:

'Jullie hebben geluk gehad, honden. We hadden je moeten vermoorden...

Adams staarde naar de Duitser.

'Waarom doe je het niet?' vroeg hij met een zekere en vaste stem.

De officier wilde een gebaar maken, maar een van de soldaten, die dichter bij hem stond dan Shaw, stapte naar voren. Het geweer maakte een snelle cirkel en de kolf sloeg tegen de rechterkant van Shaws gezicht, en hij werd naar achteren geprojecteerd toen hij een soort prikkend gevoel op zijn gezicht voelde. Hij viel achterover en bleef op de grond liggen, met de palmen van zijn handen op de grond.

De officier sprak in het Duits met de soldaat en de soldaat glimlachte. Toen hij de Britse sergeant naderde, zei de Duitser:

'Je moet beginnen met leren, vriend. Je tong is te lang. Staande!

Adams ging rechtop zitten, streek met zijn hand over zijn wang en voelde het contact met het bloed dat uit de wond gutste. Hij zei niets, beet alleen op zijn lip. Ondertussen waren een paar Duitse soldaten de Britten aan het fouilleren en toen was het zijn beurt, met afkeer de handen voelend van die mannen die zijn zakken doorzochten en alles wegnamen wat hij bij zich had, inclusief de documenten van luitenant Barney. . Maar hij kon het niet laten en zei tegen de officier:

'Het is de portefeuille van de luitenant die onlangs is overleden. Hij vertrouwde het mij toe om het naar zijn familie te sturen.

De Duitser glimlachte.

"We zullen het naar je opsturen", antwoordde hij. We zullen het in uw eigen hand bij uw vrouw bezorgen. Want zeer binnenkort zullen we in jouw walgelijke land zijn.

Shaw zei niets.

Ze dwongen hen om hun handen achter hun hoofd te houden en werden teruggeduwd, een pad inslaand dat steeds verder van Duinkerken wegliep. Justin Selby, tussen Ed Cooper en Peter Fells, liet de tranen over zijn jeugdige wangen lopen. Meer dan bang was hij wanhopig om te zien dat het zeer waarschijnlijk was dat hij nooit meer naar Engeland zou terugkeren. Hij was oneindig ellendig en huilen, diep van binnen, deed hem een beetje goed.

Ze liepen de hele nacht.

Nu marcheerden ze over een weg en liepen langs de sloot om de Duitse pantservoertuigen en vrachtwagens die, ontelbare aantallen, naar het zuiden reden niet te storen. De inzittenden van die voertuigen schonken weinig aandacht aan hen en keken hen alleen maar ernstig en somber aan. De officier en zijn mannen liepen naast hen, maar slechts twee van de Duitse soldaten hadden hun geweren in hun handen en de anderen hadden hem op hun schouders gezet, er volledig van overtuigd dat de Engelsen geen enkele poging zouden doen om te ontsnappen.

Later moesten ze stoppen en in enkele vrachtwagens stappen, die ze aan nieuwe soldaten overhandigden, onder bevel van een sergeant die de officier militair begroette, die voor hem stond.

Adams Shaw begreep geen enkel woord van waar deze mannen het over hadden en hij zag ze glimlachen, rustig roken terwijl ze hun handen nog steeds naar hun nek drongen, een houding die krampen in hun armen veroorzaakte.

De sergeant had zijn nieuwe situatie nog niet geassimileerd en hij was verbijsterd, niet in staat om de realiteit te meten van wat er met hem gebeurde. Hij keek naar zijn mannen en merkte met voldoening op dat ze allemaal kalm waren; Ik bedoel, allemaal behalve Justin Selby die bleef huilen.

Voor het eerst had hij medelijden met de jongeman en zei tegen zichzelf dat het een grote pech voor hem was geweest om zich zo vroeg te hebben aangemeld.

Maar er was geen remedie meer.

Vier Duitse soldaten stapten in de vrachtwagen, samen met de gevangenen, en het voertuig startte meteen. De hele nacht reed de vrachtwagen zonder te stoppen naar het noorden, over steeds stillere wegen, de agglomeratie van troepen volgde een reeks wachtposten op en voegde zich later bij andere vrachtwagens geladen met gevangenen die zich nog steeds in dezelfde richting bevonden.

Toen het ochtend werd, gaf een van de Duitse soldaten aan dat ze konden gaan zitten en de gevangenen gehoorzaamden en lieten hun handen zakken.

Sam Blue toonde toen zijn durf door de Duitsers te smeken om een sigaret.

'Ze hebben alles van ons afgepakt,' legde hij glimlachend uit. En ik wil heel graag roken...

De soldaat glimlachte en haalde een pakje sigaretten tevoorschijn en deelde ze uit aan de gevangenen. Hij was een man van in de dertig, met een typisch boerengezicht en blijkbaar begiftigd met een groot hart. Toen nodigde hij hen uit om iets te drinken uit zijn eigen veldfles en de onverbeterlijke Blue zei na het proeven van de vloeistof:

'Dit is toch Franse cognac, sergeant?

'Ik denk het wel,' antwoordde Shaw.

"Het is te zien dat ze niets vergeven", vervolgde Sam. Ze zijn als kreeft...

Ed Cooper glimlachte.

'De oorlogen hebben in dat opzicht geen vooruitgang geboekt', zei hij met die doctorale toon die Adams Shaw deed glimlachen. De overwinnaar neemt wat hij wil uit het land van de verslagenen. Maar dit is een van de redenen die hen het meest irritant maakt.

'Ga je ons niet nog een van je rollen afgeven? vroeg Fells.

'Wees niet bang,' antwoordde Cooper. Heeft u al nagedacht over wat ons te wachten staat?

Het was Justin Selby, met grote ogen, die op zijn beurt vroeg:

'Wat bedoel je, Ed?

"Dat de slechte tijden nog niet zijn begonnen, jongen", antwoordde Cooper. Ik hoop dat ze ons niet naar een concentratiekamp sturen waar we vermengd zijn met politieke gevangenen en joden. Het zou verschrikkelijk zijn! Ik heb teveel dingen gelezen over dat onderwerp...

Niemand merkte de huivering op die Fells' lichaam deed schudden.

Omdat hij joods was.

De vrachtwagens vervolgden hun weg en zwenkten toen duidelijk naar het oosten. Ze waren Duitsland binnengekomen en renden de hele dag, met slechts een klein eindje, in een zeer schone stad, waar de soldaten aten en een beruchte ranch werd uitgedeeld aan de gevangenen. Hoe dan ook, Adams en zijn mannen verslonden het met echte eetlust en zouden het hebben herhaald als de grootmoedigheid van de Duitsers het mogelijk had gemaakt.

Later, toen de vrachtwagens weer in beweging kwamen, deed Justin Selby zijn best om naast de sergeant te gaan zitten.

"Meneer..." zei hij.

Shaw keek hem aan.

'Wat wil je, kleintje?' vroeg hij.

'Ik wilde u spreken, mijn sergeant.

"Spreekt.

'Zie je...' Justin aarzelde. Ik dacht dat ik de Duitsers kon vragen me naar huis te sturen.

"Ben je gek geworden?

„Dat is het niet, meneer. Ik kan je laten zien dat ik niet de leeftijd heb om soldaat te zijn. Ze hebben niet het recht om me op te sluiten in een concentratiekamp.

Adams Shaw glimlachte.

'Heb een beetje geduld, vriend,' zei hij. De dingen zullen niet zo erg zijn als ze lijken. Daarnaast zullen we ons organiseren om het best mogelijke leven te leiden. Je moet de slechte tijden onder ogen zien, Justin.

"U hebt gelijk, meneer," antwoordde de jongen.

Maar hij had zijn idee. En hij wierp een blik op Peter Fells en vroeg zich af of het de moeite waard was om alles voor alles te riskeren. Hij was op geen enkele manier bereid de lange opsluiting in een concentratiekamp te doorstaan. Want hoewel hij nauwelijks meer dan een kind was, begreep hij volledig dat de geallieerden de oorlog zouden verliezen en dat het daarom maanden, misschien jaren zou duren voordat hij naar Engeland zou kunnen terugkeren, of ooit, zoiets mogelijk.

Aan de andere kant niet in staat om de verschrikkelijke realiteit te beseffen die zou komen, liet Justin Selby zich vrijwillig meeslepen door zijn eigen project, dat hij zich kort daarvoor had voorgesteld, toen hij zich een zin uit Fells herinnerde en deze associeerde met wat Ed Cooper enkele ogenblikken eerder had uitgelegd.

De gevolgen van wat hij ging doen, deden er weinig toe voor hem, aangezien hij er bijna zeker van was dat hij toch begunstigd zou worden.

Ondertussen, toen de schemering begon te vallen, vervolgden de vrachtwagens hun weg en stopten ze allemaal, toen de donkere nacht de karavaan volledig omhulde. Ze moesten uit de auto's stappen en vormden in een lange rij Engelsen en Fransen, en lieten hen vervolgens oprukken naar de gigantische poort van het concentratiekamp waaraan ze waren toegewezen.

De aanblik van dit alles, somber en somber, maakte zo'n indruk op Justin Selby dat hij op het punt stond weer te huilen.

Hoge prikkeldraad vormde een indrukwekkende barrière en je kon de uitkijktorens zien, waar de Duitsers, met zoeklichten en machinegeweren, de gevangenen nauwlettend in de gaten hielden. Het eerste deel dat ze doorliepen zag er heel normaal uit, maar toen ze de tweede rij prikkeldraad passeerden en recht het veld in doken, veranderde het uiterlijk van alles om hen heen als een charme.

De kazerne, gelegen aan weerszijden van de centrale promenade, werd bijna volledig verwoest door regen, zon en wind. De daken, gevormd door een eenvoudig geteerd weefsel, boden een veelvoud aan gaten en het interieur verschilde niet van het trieste uiterlijk dat ze aan de buitenkant boden. Stapels stinkend stro markeerden waar de gevangenen sliepen, en overal hing een sterke stank van menselijkheid.

Ze kregen een hoek toegewezen waar ze zwijgend neervielen, starend naar de anderen die voor hen gevangen waren genomen en die hen ook nieuwsgierig aankeken. Een enkele lamp, bedekt met zwarte vliegenuitwerpselen, verlichtte het interieur van de barak zwak. Je hoefde alleen maar goed naar de gezichten te kijken van degenen die er al waren om te begrijpen dat rampen de absolute meesters waren van het leven op het platteland.

De uniformen waren geruïneerd en de gezichten bleek, verwilderd, met heldere pupillen en bijna witte lippen. Justin Selby zat in zijn hoek en zei tegen zichzelf dat hij daar niet lang zou blijven en dat hij, gelukkig, een van de gelukkigen zou zijn die heel snel uit die hel zou komen, ontsnappend aan de wanhoop die hij duidelijk kon lezen. , in het gezicht van zijn gevangen metgezellen, in de doffe blikken en verwilderde gezichten die hem omringden.

Natuurlijk zou ik de dingen zorgvuldig doen, zonder dat iemand het wist.

Maar het kon hem niet eens schelen dat hij geen afscheid kon nemen van zijn vrienden, van zijn teamgenoten. Ze zouden hem ergens anders heen leiden en het was zelfs mogelijk, als Duitsland erin zou slagen Groot-Brittannië binnen te vallen, dat hij spoedig naar huis zou kunnen terugkeren, zelfs als de straten van Engelse steden vol waren met succesvolle nazi-soldaten.

Wat kan hem dat schelen?

HOOFDSTUK III

Heinrich Slassen lachte tevreden.

Het bevel waarmee hij diezelfde ochtend, bij afwezigheid van majoor Drunker, die zich aan het front had gevoegd, tot hoofd van Stalag XXIII was benoemd, vervulde hem met vreugde. Het was duidelijk dat dit een soort van promotie betekende, zo niet in de categorie gallons, aangezien het hem een allesomvattende macht gaf over ongeveer tweeduizend gevangenen. Dit alles was natuurlijk te danken aan zijn directe deelname, sinds 1933, aan het politieke leven van de Nationaal-Socialistische Partij.

Hij had veel geluk om op het juiste moment te passeren, zijn lichaam te veranderen en de SA achter te laten om een integraal onderdeel van de SS te worden. Hij verwelkomde nog steeds de duidelijke perceptie die hij had gehad, vooral toen geruchten over het complot dat hij binnen de SA aan het voorbereiden was, voorbestemd was om de impuls van Adolf Hitler te breken en in zijn plaats de ambitieuze Rohm te plaatsen die ongetwijfeld had geloofd dat de moment van zijn verhoging tot de macht was aangebroken.

Gezeten in zijn kantoor als hoofd van de Stalag XXIII, herinnerde Oberleutnant Heinrich Slassen zich nu met veel plezier aan zijn vroege dagen die overeenkwamen met het gebrabbel van het nationaal-socialisme in Duitsland.

De SA (Sturmabteilung, Assault Sections) was bij haar oprichting onlosmakelijk verbonden met de persoon van Göering, die in december 1922 haar superieure hoofd was. In november 1925 werd de SS (Socialdemokratische Partei Deutschlands, Duitse Sociaal-Democratische Partij) opgericht.) en vanaf dat moment begon een duistere en geheime strijd tussen de twee organisaties. In januari 1931 nam Rohm de leiding van de SA Generale Staf over en daarna begon hij serieuze hoop te krijgen die erop gericht was hem de nieuwe Führer van de natie Duitsland te maken.

Maar Rohm vergat dat Hitler voortdurend werd geïnformeerd over de ambities en bewegingen van de mensen om hem heen. En zo ging de Führer in de vreselijke nacht van 30 juni 1934, vergezeld van zijn vertrouwde mannen, over tot de algemene schoonmaak binnen de SA. Het was de Obergfiruppenführer van de SA Lutze, de voormalige assistent van Pfeffer, die de ambities van Rohm aan de kaak stelde hen naar Von Reichenau. Voordat al dat gemompel de oren van Adolf Hitler bereikte, stelde Rover, de Gauleiter van Oldenburg, de onmiddellijke arrestatie van de ambitieuze Rohm voor, op grond van het feit dat als hij binnen zijn jurisdictie zou komen, hij hem zou kunnen aanvallen op basis van artikel 175 van het Wetboek van Strafrecht, verwijzend naar tot homoseksualiteit.

Ondertussen bereikte het nieuws de Führer die zich realiseerde dat het heel goed mogelijk was dat Rohm een 'putsch' aan het voorbereiden was.

Om vijf uur 's ochtends van die trieste dag naderde een lange rij auto's, beschermd door een Reishswehr-pantserwagen, Wiessee, waar Rohm, volkomen kalm, sliep in het beroemde Hanslbaver-pension.

Hitler werd vergezeld door een groep voormalige persoonlijke bewakers, met wie hij naar alle politieke bijeenkomsten ging. Ook bij hem waren Emil Maurice en de voormalige paardenhandelaar Christian Weber. Toen ze bij het pension aankwamen, werden ze begroet door graaf von Spreti, die Hitler in het gezicht sloeg met de stomp van de oude rijzweep die hij zo graag bij zich droeg.

Onmiddellijk daarna werd Rohm vastgehouden in zijn kamer en moest hij gewekt worden omdat hij vast sliep.

Rohm werd geboeid en als staatsgevangene naar München gebracht.

Ondertussen had Hermann Göering, uitgerust met gevechtsmiddelen en gepantserde voertuigen, het hoofdgebouw van de SA omsingeld, al het oorlogsmateriaal, wapens en munitie in beslag genomen en alle inzittenden gevangengenomen.

Ongeveer tweehonderd hoofden van de SA werden opgesloten in München, in de Stadelheim-gevangenis. Rohm was verrast door die arrestatie en deed niets anders dan protesteren tegen degenen die hem bezochten, dat hij altijd aan de zijde van Hitler had gevochten en dat het idee om tegen de Führer in opstand te komen nooit bij hem opkwam.

Ondertussen bestudeerde Hitler in het Bruine Huis de lijst van gedetineerden en markeerde honderdtien van hen met een rood potlood. Zij waren de mannen die moesten sterven. Maar door de komst van Franz, de Beierse minister van Justitie, bracht Adolf Hitler die lijst uiteindelijk terug tot negentien namen. Aan het hoofd stond natuurlijk Rohm, die de Führer een pistool naar zijn cel liet brengen, in de hoop dat het een einde aan zijn leven zou maken. Maar Rohm weigerde zelfmoord te plegen en werd samen met zijn metgezellen in de vroege ochtend van 1 juni neergeschoten op de binnenplaats van de Stadelheim-gevangenis in München.

Twee maanden eerder was de sluwe Heinrich Slassen vrijwillig overgestapt naar de SS

En nu was hij blij dat hij die voorzorg had genomen.

Toen hij zich die vreselijke nacht herinnerde, huiverde hij. Hij had in het SA-huis in Berlijn kunnen zijn, als een van de arrestanten van de machtige Hermann Göering, toen hij opdook met zijn pantserwagens die het gebouw omsingelden. Maar het geluk was hem opnieuw gunstig gezind, en nu kon hij zichzelf feliciteren met het feit dat hij die situatie had 'gesnoven' die beslist tragisch voor hem had kunnen zijn.

Hij hief zijn hoofd op toen hij op de deur hoorde kloppen.

"Ga je gang! Riep hij uit.

Even later stond zijn handlanger, Feldwebel Dietrich Klossen, voor zijn meerdere.

'Er zijn nieuwe gevangenen aangekomen, luitenant', zei de sergeant.

"Veel?

'Tweehonderddrieëntachtig, precies.

'Zijn ze al gehuisvest?

'Ja. Op eilandje 16. Er zijn 112 Engelsen onder hen. De rest is Frans.

"Akkoord. We wachten op orders uit Berlijn. Weet je, Klossen, dat ik heb voorgesteld om deze gevangenen in de nabijgelegen wapenfabrieken in dienst te nemen. Er zijn missies die ze gemakkelijk kunnen uitvoeren, waardoor ze voedsel verdienen dat we ze anders zouden moeten geven als cadeau. De heer Funker, de eigenaar van een van deze fabrieken, heeft me verteld over de moeilijkheden die momenteel bestaan in de gietkamer. En het zou echt jammer zijn als goede Duitse arbeiders, van het Arische ras, longziek zouden worden terwijl al die zwervers en varkens koesteren zich in de velden en doden elkaar hun luizen, vind je niet?

'Het is een geweldig idee, meneer.

'Morgen gaan we naar de heer Funker, hoewel we nog geen instructies uit Berlijn hebben gekregen. Ik hoop dat ze er niet lang over doen om ze naar ons op te sturen.

'Zoals u wilt, luitenant.

"Is er nog iets?

"Nee, niets. Ik zal de ranch van de nacht uitdelen aan de nieuwkomers. Hoewel het een blikje is ...

"Waarom?

'Omdat we de keukens al hebben uitgezet, meneer. De komst van deze mannen hadden we op dit moment niet verwacht.

'Wat een probleem! Val de koks niet lastig, Dietrich. Je hoeft vanavond geen eten uit te delen. Laat die varkens maar slapen en morgenochtend zullen ze meer trek hebben.

De Feldwebel hield zich in evenwicht en hief toen zijn rechterarm op.

"Heil Hitler!

"Heil! De Oberleutnant antwoordde alleen.

De sirenes begonnen te brullen voordat de dag was geboren.

Slapen en vermoeid afschudden, verlieten de gevangenen de kazerne en vormden de lange wandeling, in die sinistere barrière, die het kamp in twee gelijke delen verdeelde. Het licht van de zoeklichten verlichtte in grote lijnen de hele sector en kort daarna arriveerden de Duitse soldaten die de leiding hadden over de formatie. Ze waren gewapend met een pistool, dat ze bijna nooit trokken en integendeel een rubberen wapenstok in de hand waarmee ze de achterlijken sloegen.

Ondanks de tijd van het jaar was de kou in die regio hevig en de vermoeidheid van de vorige dag was te zien op de gezichten van degenen die waren aangekomen met Adams Shaw en de mannen in zijn peloton.

Kort daarna verscheen het hoofd van het kamp, onberispelijk gekleed. Hij bekeek de gevangenen en stond toen ruwweg in het midden van de straat, aan wiens zijde de mannen stonden opgesteld, terwijl hij in het Duits sprak en hem van tijd tot tijd onderbrak zodat de tolk, die naast hem zat, kon vertalen. , eerst in het Engels en daarna in het Frans, zijn woorden.

"Ik ben niet dol op toespraken", begon hij te zeggen. Ik herinner u er ook niet graag aan dat u gevangenen bent, want dat kunt u zien. Wat ik je wel wil zeggen, is dat je de mogelijkheid krijgt om op een waardige manier te leven, je voedsel te verdienen en hoeveel dingen Duitsland je royaal zal geven. Het is bijna zeker dat sommigen van u, zo niet velen, denken dat er overeenkomsten zijn, ondertekend in Genève, die het gebruik van krijgsgevangenen voorkomen. Wij, de nationaal-socialisten, willen en willen vooral dat de mannen die zich voorbereiden op het werk dat vrijwillig doen. Niemand zal gedwongen worden om naar de fabrieken te gaan, maar natuurlijk zullen degenen die deze baan aanvaarden een leven, voedsel en zorg genieten die wij anderen niet kunnen bieden. En aangezien ik graag wil weten wat voor soort mensen mijn geluk hebben getroffen, Ik wil dat degenen die voor de Duitse oorlogsindustrie willen werken, naar voren treden zodra het fluitsignaal klinkt. Begrepen?

Even later blies de tolk op de fluit.

Er was een moment van anticipatie, en toen plotseling, tot algemene verbazing, stond er slechts één man tussen de gelederen van de gevangenen.

Justin Selby.

Zelfs Adams Shaw, die naast de sergeant stond, gebaarde om de jongeman tegen te houden. Maar het was te laat en Selby had de fatale stap naar voren gezet.

Bijna onmiddellijk verspreidde zich een dof gemompel door de gelederen van de gevangenen en de hevige zweep van enkele beledigende woorden was te horen in het Frans en het Engels.

"Varkensvlees!

"Varken!

"Verrader!

"Verouderd!

Oberleutnant Henrich Slassen brulde van woede.

'Stil, klootzakken!

Zijn gezicht was ontbonden, maar een wrange glimlach bekroop zijn lippen toen hij met afgemeten stappen naderbij kwam in de richting van de enige vrijwilliger, voor wie hij stopte.

"Heel goede kerel. Je ziet hoe je collega's je behandelen. Maar maak je geen zorgen, ben je bereid om voor Duitsland te werken?

Justin Selby was intens rood geworden en het kostte hem veel om te zeggen:

'Ja meneer. Bovendien moest ik u even privé spreken.

De glimlach verdiepte zich op de lippen van de Duitser.

"Perfect. Kom met me mee". Hij wendde zich tot de Feldwebel en zei in het Duits: 'Stuur die varkens naar hun kazerne! Laat er tot nader order geen verdeling van de ranch plaatsvinden!

Dietrich Klossen klikte met zijn hakken en wendde zich toen tot de tolk om hem de bevelen van de officier te laten vertalen.

Omlijst door de soldaten die de Duitse luitenant vergezelden, verliet Justin Selby het kamp en werd Slassen's eigen kantoor binnengeleid, die hem een stoel liet zien.

'Ga zitten, vriend', zei hij. Toen opende hij zijn gouden sigarettenkoker en bood hem een sigaret aan, die de jongeman toegaf terwijl hij nog een keer bloosde.

Heinrich keek hem nieuwsgierig aan:

'Ik was heel tevreden,' legde hij uit, 'dat jij de enige vrijwilliger was. Je zult winnen, jongen. Maar het lijkt me dat je zei dat je privé met me wilde praten. Is het niet zo?

'Ja, meneer,' zei de Engelsman, verbaasd dat Slassen toen geen tolk nodig had. Heinrich sprak zelfs redelijk goed Engels, maar hij geloofde dat het aan belang zou inboeten als hij de gevangenen rechtstreeks zou aanspreken, waarbij hij in ieder geval de voorkeur zou geven aan de tolk.

"Waar gaat het over?

Justin Selby aarzelde.

De beledigingen die hem door de gevangenen werden gericht, klonken nog steeds in zijn oren. Deed hij het goed?

Was hij niet ineens een vuile verrader geworden?

Hij maakte die ideeën ongedaan, ervan overtuigd dat hij voor zijn eigen bestwil werkte, aangezien geen van degenen die in het veld waren gebleven, een enkele vinger zou hebben opgestoken om hem bij zijn doeleinden te helpen. Hij hief zijn hoofd op en keek de Duitser kalm aan.

'Dit is iets belangrijks, meneer.

"Spreekt.

'Er zit een Jood in mijn peloton.

De glimlach die toen op Slassen's lippen verscheen, was vol wreedheid.

"Heel interessant! Weet je het tenminste zeker?

"Volledig, meneer.

"Hoe heet die man?

'Peter Fells, meneer.

"Geweldig! Je laat me zien, "zei hij na een korte pauze", dat je veel intelligenter bent dan je eerst leek. Maar ik wil nog iets anders weten, waarom heb je je kameraad aan de kaak gesteld?

'Omdat ik terug naar Engeland wil, meneer.

De Duitser fronste zijn wenkbrauwen.

Terug naar Engeland? Hij was verbaasd, eerlijk gezegd.

„Ja, mijn luitenant. Ik weet dat je van het ene op het andere moment in mijn land van boord gaat. En ik wil zo snel mogelijk terugkeren. Ik kwam opdagen voordat ze me belden en ik ben nog niet oud genoeg om soldaat te zijn. Ik moest vals spelen, mijn documenten vervalsen.

'Wilde je zo graag tegen ons vechten?

'Dat is het niet,' haastte de jonge man zich te antwoorden. Ik was opgetogen en keek uit naar het beste avontuur van mijn leven. Helaas "en liet hij zijn hoofd zakken, zijn kin op zijn borst rustend", had ik het mis van medium tot medium ...

De toon van Slassens stem werd warm.

"Maak je geen zorgen, jongen. Wat is je naam?

'Justin Selby, meneer.

'Maak je geen zorgen, Justin. Alles komt goed voor je. Ik beloof je dat zodra de Duitse soldaten voet in Engeland hebben gezet, ik je naar huis zal sturen. Ben je blij?

"Dank mijn Heer.

Luister nu goed naar mij. Ik heb je al eerder verteld dat je een slimme en zeer oplettende man bent. Je gaat terug naar het veld. Alsof er niets was gebeurd. Je kunt tellen wat je wilt. Namelijk...

Zijn ogen fonkelden op een onverwachte manier. Hij begreep dat de terugkeer van de jongen moeilijkheden voor hem zou opleveren. Daarom naderde hij de deur, opende deze op een kier en riep:

"Feldweb!

Dietrich Klossen verscheen even later.

'Je moet dingen repareren', legde zijn meerdere in het Duits uit, 'zodat deze jongen niet in gevaar komt op het veld. Je weet wel, de gebruikelijke... maar doe hem niet te veel pijn. Laat de tolk het je in detail uitleggen, oké?

"Ja meneer!

Heinrich wendde zich tot de jonge man.

'Ga bij de sergeant, Justin. Hij gaat je wat advies geven zodat je in het veld niets overkomt. En vertrouw ons. Wij staan aan uw zijde. Er zal je niets overkomen.

„Dank u, mijn luitenant.

Dietrich nam hem mee naar een naburige kazerne en riep de tolk en legde uit dat hij de jongen moest vertellen dat het nodig was hem een beetje te slaan zodat zijn metgezellen het verhaal konden geloven dat hij hun zou vertellen. Het was de enige manier om de geesten te kalmeren van degenen die hem als een verrader beschouwden. Zo bleek als papier luisterde Justin naar de woorden van de tolk en keek toen met grote ogen van angst naar de sergeant die hem naderde.

'Ik zal je niet te veel pijn doen, jongen', zei Klossen hem in het Duits met een cynische glimlach op zijn lippen.

Toen begon hij hem te slaan.

Hij deed het wetenschappelijk, zoals hij bij de SS had geleerd. Gelukkig verloor Justin Selby vrijwel onmiddellijk het bewustzijn, hoewel de ander hem bleef slaan. Toen riep hij twee soldaten en beval hen hem naar zijn kazerne te brengen. Terwijl ze wegliepen, glimlachte Dietrich Klossen om de erbarmelijke toestand waarin hij de jonge gevangene had achtergelaten. Hij sloeg graag. Het was iets veel sterkers dan hij. En hij hoopte het nog vele, veel meer gelegenheden te doen, toen hij zich tandenknarsend de opstandige houding van alle gevangenen van Stalag XXIII herinnerde.

Het verschijnen van de Obertleutnant zette zijn wrede gedachten opzij.

"Je blijft hier", zei Heinrich tegen hem. Ik wil graag met de auto naar Herr Funker. Ik ben zo terug.

"Goed, meneer.

'Je hebt hem toch niet te hard geslagen?

'Nee, mijn luitenant. Net genoeg zodat die varkens hem niet wantrouwen. Heb je belangrijk werk besteld?

"Ja. Van een heel belangrijke, sergeant. En nu ik het me herinner, halen we vanavond een smerige Jood uit de kazerne. Bewakers hebben al lang geen plezier meer gehad. Ik hoop dat ze niet zijn vergeten wat ze hebben geleerd , hoezo?

'Ze herinneren het zich perfect, meneer,' antwoordde Klossen. Je kunt het vanavond zelf zien.

"Ik hoop het! Ik wil geen Joden in dit veld. We hebben de afgelopen maanden veel aas aan onze zijde gehad. Natuurlijk weet Peter Fells, die de naam van de Israëliet is, niet wat hem te wachten staat ' twee mannen van elk van hen en laat ze het eten uitdelen, maar zonder dat iemand hun neus uitsteekt.

„Tot uw dienst, Herr Oberleutnant!

Even later stapte Heinrinch Slassen in zijn Mercedes en gaf de chauffeur het adres door van een van de belangrijkste fabrieken in de regio. En terwijl het voertuig door de poort van het veld reed, dacht Heinrich Slassen aan de uitstekende cognac die de heer Funker hem zou aanbieden, aan de sigaar die hij naast hem zou roken en vooral aan de winst die hij zou kunnen behalen als de machtige fabrikant aanvaard, zoals hij dacht. daartoe de medewerking van zo'n vijfhonderd gevangenen, die hij aan de smeltkamer kon toewijzen.

Ja, hij was echt een slimme man geweest om de SA op het juiste moment te verlaten. En ondanks dat hij van al die gevaren af was, kon hij niet anders dan huiveren toen hij zich die droevige nacht herinnerde, toen de pantserwagens van Hermann Göering het SA-gebouw in Berlijn omsingelden, naar binnen reden en de leiders naar die gevangenis in München brachten waar, weken later, ze verlieten hun cellen om rechtstreeks naar de muur te gaan.

Nu zou het anders worden.

Of het het wilde of niet, het Derde Rijk steunde op de SS, die de belangrijkste as van de natie was geworden. De mannen die de Führer beschermden waren SS'ers, zij die overal nauwlettend toekeken behoorden tot de SS. En zelfs de Gestapo onderhield nauwe betrekkingen met de SS, die heel vaak haar uitvoerende arm werd.

De Oberleutnant begreep perfect dat Hitler het opperbevel van het leger niet te veel vertrouwde. Hij had in Berlijn de gelegenheid gehad om een bijeenkomst bij te wonen waarin de generaals, met hun belachelijke rode vlecht die zijwaarts door hun kaki broek liep, zich superieur voelden, alsof alles van hen kon worden verwacht.

Bah!

De helft van die varkens dacht al aan compromissen met het Westen en had niets anders in gedachten dan plannen om afzonderlijke pacten te ondertekenen om de kolossale oorlogsmachine te stoppen die erin was geslaagd om van Duitsland het machtigste land ter wereld te maken.

Maar ze zouden geen andere keuze hebben dan de bevelen die ze ontvingen te gehoorzamen.

In de buurt van de commandoposten was er altijd een SS-eenheid, die "bescherming" werd genoemd; maar in werkelijkheid waren ze er, naast het vervullen van die belangrijke missie, om de generaals eraan te herinneren dat Berlijn geen enkel verraad zou toestaan, zelfs niet de kleinste afwijking van de bevelen die uitgingen van het hoofdkwartier.

En als iemand gek genoeg was om ongehoorzaam te zijn, zou de SS hen snel tot rede brengen en geen tijd verspillen. Omdat zijn mannen, niet meer en niet minder, de bestaansreden van de nieuwe nationaalsocialistische staat waren geworden.

HOOFDSTUK IV

In de laatste kazerne in de rij rechts trok Marcel, die achterin zat, zijn vuile hemd uit, zijn harige buik ontbloot, door wiens haar hij woedend zocht, terwijl hij op zijn lip bijt.

"Steken ze?" vroeg zijn buurman, een magere jongeman die vol bewondering naar het volumineuze en harige lichaam van zijn bunkmate staarde.

"Verdorie!" Spuug Marcel. "Het moet een nazi-luis zijn...

'En wat maakt het uit?' vroeg de ander.

De kolos en de gigantische Santais keken hem minachtend aan.

"Onwetend!" Hij riep uit. Een Franse luis bijt gewoon; een nazi kruipt in je bloed om te zien of hij ontdekt of je joods bent of niet.

De jonge man glimlachte en liet magere tanden zien, hoewel de weinige overgebleven tanden wit waren. De anderen sprongen uit zijn mond zodra hij het veld bereikte, dankzij de knokkels van sergeant Klossens vuist.

"Wat een genade! riep hij uit.

'Ik kan haar nergens zien,' gromde Marcel. Als het een nationaal-socialistische luis is, verdomme, ik vang hem en kijk hoe ik hem knal! 'En ging door met rommelen in de vacht waar enkele witte haren verspreid waren, hoewel schaars.

Claude opende toen de deur van het slaaphuis, stapte naar binnen en sloot zich voorzichtig achter hem. Hij was een magere, bleke jonge man, met zulke smalle schouders dat ze zonder vergissing deden denken aan een karakteristieke tuberculeuze borst, met blootliggende ribben en sleutelbeenderen die gaten boven hen achterlieten; gaten waar gemakkelijk een sinaasappel in past.

Hij keek achterom door het gangpad van de voeten van degenen die op het stro lagen. Toen liet hij zich naast Marcel vallen.

"Ze hebben het teruggebracht naar het veld", zei hij.

De ander leek niets gehoord te hebben en zette zijn zoektocht voort, tot hij plotseling lachte, zijn brede vingers uit het zwarte haar trok, duim en wijsvinger van zijn rechterhand drukte.

"Ik heb het al! Riep hij uit met een kreet van triomf.

Claude keek nieuwsgierig naar de enorme vingers van zijn vriend en zag dat deze met zijn andere hand het dier greep, het voorzichtig oppakte en het voor iedereen ophield.

'Het is een 'bruin hemd! " Hij zei ". Zie het, vrienden! Een nazi-luisvarken dat het heeft aangedurfd om het bloed van een Fransman te zuigen! Verdomme duizend keer! Nu ga je ze allemaal samen betalen, jij walgelijke "bruine hemd"! En je zult je "Führer" niet kunnen bellen om je te redden ...!

Hij plaatste de parasiet op de brede, vuile nagel van zijn linkerduim en matchte deze met dezelfde nagel op zijn andere duim. Het geluid dat het dier maakte toen het explodeerde was duidelijk te horen. Dan was er een bruine en rode vlek, die Marcel met zijn groezelige broek grondig schoonmaakte.

"Een minder! "zucht. Toen wendde hij zich tot de nieuwkomer en vroeg: 'Wat zei je eerder, Claude?

"Dat ze hem hebben laten terugkeren naar het veld.

"De... vrijwilliger?

'Ja. Ze hebben het tussen twee soldaten gebracht. Klossen moet voor hem hebben gezorgd...

"Klossen! Riep de tandelozen uit, zijn vingers over zijn mond strijkend, alsof de naam van de Duitser en de staat van zijn tanden onvermijdelijk zijn ideeën met elkaar in verband brachten." Het varken zelf!

"Stil" zei Marcel. Dit zijn allemaal verhalen. Ze hebben hem zeker niet te veel pijn gedaan.

"Wat bedoel je?" vroeg Claude.

"Dat is pure kameel. Herinner je je niet dat hij de luitenant vertelde dat hij hem alleen wilde spreken?

"Ja maar ...

'Laat me verder gaan, Claude. Die vent is een sluwe en Klossen heeft de waarheid een beetje verhuld, om ons voor de gek te houden.

'Je bedoelt dat hij hem expres sloeg, zonder reden?

"Ja, dat bedoel ik. Heb je hem gezien?

"Van ver.

Marcel krabde zijn buik af en stopte toen zijn hemd in.

'Luister,' zei hij, terwijl hij naar Claude keek. Je gaat de Engelsman zien, die sergeant. Zeg hem dat ik hem wil zien... nu meteen.

'Goed,' antwoordde Duvillard, terwijl hij opstond om het bevel uit te voeren.

De kolos volgde hem met zijn ogen, een wrange glimlach verscheen op zijn lippen. Dit gebaar bleef niet onopgemerkt door de tandelozen, die zeiden:

'Ze gehoorzamen je, hè Marcel? Jij bent de baas geworden.

"Niet van jou ...

"Nee" antwoordde de ander. Ze houden me niet meer voor de gek.

Marcel grijnsde.

"Je doet het goed. Je bent een te slimme jongen. Waarheid?

De tandeloze man schudde zijn hoofd heen en weer zonder veel overtuiging.

"Ik hou mezelf niet voor slim", zei hij, maar ik laat me niet voor de gek houden met je politiek, Marcel. Je vrienden en de nazi's hebben een verdrag getekend. Ben je vergeten?

"Dwaas! Wat weet je? Maar verwacht niets van ons. En als je onzin blijft praten, ga je het heel erg hebben.

"Heb je een slechte tijd?" Lachte de ander. Wat een genade! Ik zie dat u uw rol als leider van de communisten serieus hebt genomen. Je bent tenslotte maar een kleine groep in het Veld. Probeer het niet te vergeten.

'We zijn met weinigen, maar op een van deze avonden kunnen we je nek omdraaien.

'Ik ben niet bang voor je. Er zijn hier, in de kazerne, velen die denken zoals ik en die u verachten. Het verschil tussen jou en de nazi's is immers de kleur van het shirt.

Marcel stond op het punt te antwoorden, maar hield zich in. Claude en de Engelsman waren net de kazerne binnengegaan en de kolos stond snel op, zonder naar de tandelozen te kijken, en zocht liever een andere plek om met de Britten te praten. Het interesseerde hem niet dat oren die zo stom waren als die van zijn vorige gesprekspartner hoorden wat hij ging zeggen.

Er was een plaats die de communisten voor zichzelf hadden gereserveerd, bij de deur. Er waren de elf die Marcel dienden in de kazerne, die ze respecteerden en beschouwden als hun opperste leider. Hij hoefde niets tegen Santais te zeggen om de mannen over te halen op te staan en vormde een kring zodat Marcel rustig kon praten.

Een van hen stond bij de deur voor het geval het nodig was om de komst van een schildwacht te voorkomen.

'Ga zitten...' zei Marcel tegen Adams. Jij spreekt Frans?

"Ja, nogal wat.

"Goed. Best. Ik ken je taal ook, maar ik kan me er moeilijk in uitdrukken. Een sigaret?

"Bedankt.

Marcel bestudeerde de Engelsman aandachtig terwijl hij de eerste trekjes van zijn sigaret nam. Vanaf het begin, en zonder precies te weten waarom, hield ze van Shaw, met zijn sterke lichaam, jongensachtig gezicht en de intense, stralende schittering van zijn openhartige blauwe ogen.

'Jij was de sergeant van die vent die zich vrijwillig aanmeldde, toch? Vroeg hij uit het niets.

"Ja. Justin Selby stond tot mijn dienst.

"Ze hebben me verteld dat ze het hebben teruggestuurd.

"Zo is het. Maar voordat ze hem een flinke pak slaag gaven... ik begrijp het niet...

'Ja. Luister, vriend... je hebt me je naam nog niet verteld.

"Adams Shaw.

"Ik ben Marcel Santais. Zoals ik al zei, wat er is gebeurd, is glashelder. Dat... Selby moet van zijn tong zijn gevallen en de Duitsers sloegen hem in elkaar toen ze zich realiseerden dat zijn daad van vrijwilligerswerk ons woedend had gemaakt. Het gaat over, niet meer of minder, dan een verklikker in het veld hebben.

'Ik denk niet dat Justin een verrader is.

Hoe weet je het zeker?

'Ik weet het niet, maar ik ken hem. Hij is een kind dat bedrogen ten strijde is gekomen en begint te huilen als er iets vets gebeurt.

"Juist het soort jongens dat Duitsers kunnen laten dansen op de melodie die ze het leukst vinden.

'Maar wat wil je dat die jongen doet?

'Ik negeer het. Hoe dan ook, er is iets tegen de nazi gezegd, eens kijken... zijn er geen communisten onder de mannen in uw peloton?

Adams glimlachte.

"Nee, die zijn er niet...

'Goed. En Joden, zijn die er?

"Nee, ik denk ook niet...

"Zeker?

"Mannen! Ik weet het niet helemaal zeker, maar nee, ik denk het niet. Blijkbaar heb je geprobeerd me te laten geloven dat Justin bereid is om te verkopen aan zijn teamgenoten.

Marcels gezicht betrok.

'Luister, Adams', zei hij, 'je kunt maar beter vanaf het begin weten dat dit veld in twee groepen is verdeeld. die zich als zodanig lieten meeslepen.

'En de andere groep?

'Het is kleiner, maar het bestaat uit mannen die bereid zijn de belangen van de gevangenen te beschermen... wachtend op betere tijden.

'En jij bent een van de tweede?

"Ja.

"Communistisch?

"Ja.

Shaw haalde zijn schouders op.

"Ik was nooit geïnteresseerd in politiek", zei hij. Ik ben, zodat je het weet, in zekere zin een professionele militair.

"Het maakt niet uit. Ik ga je iets vertellen, Shaw: ik vind je leuk. Ik weet dat je een gewillige vent bent en hoewel het nu te vroeg is om je bepaalde dingen te vertellen, is er iets dat je misschien interesseert.. . later. Maar laten we blijven praten over die man in je peloton. Ik wil dat je erop let. Vertrouw hem niet, en als je weet dat er een Jood onder je mannen is, zeg hem dan te vertrekken, er is een kazerne bij de terug, leeg. Ze stierven daar, zodra ze aankwamen, zestig mannen met tyfus. De Duitsers verwijderden de lijken en verbrandden ze, maar ze raakten de kazerne niet aan en geen van hen zou daar weer naar binnen durven gaan.

"Ik denk dat je overdrijft; maar in ieder geval heel erg bedankt voor je advies.

'Nee, ga nog niet. Morgen gaan ze weer vrijwilligers vragen voor werk...

"En lekker?

"Stel je even voor.

"Hoi?

Marcel glimlachte.

"We zullen ons ook voorstellen. We hebben de zaak bestudeerd en ik denk dat we dat moeten doen.

'Maar realiseer je je niet dat de Duitsers niet het recht hebben om ons te laten werken?

'Hou op met dat gezeur, Adams. Je kent het hoofd van het kamp niet. Vandaag heeft hij ons niet meer dan een halve ranch gegeven. Hoe lang denk je dat het ons zonder eten zal laten als er geen vrijwilligers komen opdagen? Laat de idioten verhongeren! We hebben energie nodig... voor het geval dat.

Adams staarde naar de spreker.

"Het lijkt te zijn" zei "- dat je concrete plannen hebt. En dat vind ik leuk ... Als je denkt dat ze beter kunnen worden gedaan als we werken, zal ik de jongens vertellen om vrijwilligerswerk te doen, zolang jij het ook doet.

"Morgen zetten we de toon.

"Dan oke.

Adams stond op het punt op te staan toen de deur openging en plaats maakte voor Horace Colton, enorm bleek, die op en neer keek en toen op de sergeant afkwam zodra hij hem opmerkte.

'Is er iets mis, Horace? vroeg Shaw, oprecht bezorgd.

'Ze hebben Peter meegenomen, meneer! Ze hebben het genomen! En ik begreep dat ze hem als een Jood behandelden...

Marcel keek triomfantelijk naar Adams.

'Heb ik het je niet verteld?' Hij vroeg.

"Het kan gewoon niet! Maar als die klootzak...

En hij gebaarde naar de uitgang. Snel als een licht greep Marcel hem bij de arm.

"Nee, wacht", zei hij. Je gaat een verschrikkelijke fout maken. Het is precies wat de Duitsers verwachten... Vergeet niet dat ze hem beschermen en dat er niets mag gebeuren met de verklikker in uw kazerne. Kom... ik ga je iets geven.

Hij droeg het naar de achterkant van de hut en rommelde onder het vochtige stro. Hij haalde een wikkel tevoorschijn en controleerde toen of de tandeloze naast hen luid snurkte.

'Leg wat van deze poeders op de ranch van die vent. En vertel hem niets, of maak hem bang... We zullen voor hem zorgen.

Adams nam de krant aan en keek Marcel vragend aan.

"Vergif?

"Nee" lachte de Fransman ": jalapa. De latrines zijn achterin en dat varken zal vanavond moeten gaan om de ingewanden te verjagen. Zeg tegen niemand iets. Verdenken je mannen Justin?

"Ik denk van niet.

Beter dan beter. Gaan...

Adams keek hem angstig aan.

'En de andere? Wat gaan ze met Fells doen?

'Je bedoelt de Jood?

"Ja.

'Je zult het vanavond zien. Ze zullen ons uitnodigen voor de show ... ze zijn erg aardig.

"Maar...

'Ja, stel je verwachtingen niet meer op. Het zou beter zijn geweest als ze hem aan het front hadden vermoord.

Shaws voorhoofd was bezweet toen hij de kazerne verliet.

Ze verdeelden de eerste ranch bij zonsondergang. Hij had nog nooit zulke afschuwelijke uren doorgebracht als die, en toen de gevangenen de kazerne binnengingen met de ketels, Adams' hand in zijn zak met het pakje dat Marcel hem bevende, stevig tussen zijn vingers geklemd.

Hij had vermeden naar het strootje te kijken waar Justin lag, bijgestaan door Ed Cooper, die de wonden op zijn gezicht waste en een natte zakdoek over het blauwe oog van zijn metgezel had gelegd.

Hoe was het mogelijk dat deze jongen, een kind, Fells had kunnen aanklagen?

Hij huiverde.

Ze waren de ranch aan het verdelen en hij maakte een gebaar om de anderen te laten weten dat hij degene zou zijn die het voor het hele team zou nemen. Hun borden waren van hen afgenomen toen ze gevangen werden genomen, maar er waren genoeg lege potten in de kazerne voor hen allemaal, en Shaw en zijn jongens hadden er voor elk een klaargemaakt toen ze aankwamen.

Gebruikmakend van het feit dat zijn soldaten hem niet aankeken, goot Adams de helft van het poeder in de pot die van de jonge Selby was, maar hij kon een knagend gevoel niet helpen terwijl hij dat deed, hoewel hij het ergste na alles als hij er zeker van kon zijn. Justins onschuld.

Hij gaf de boot aan Horace.

'Het is van Selby', zei hij. Geef het aan hem.

Toen ging hij in een hoek zitten.

"Als Marcel niet gelijk heeft," dacht hij, "gaat hij elke keer als hij naar de latrines gaat met Justin uit..."

In welke afschuwelijke wereld was hij terechtgekomen?

Hij was zelfs zijn eigen problemen vergeten en bevond zich, zowel moreel als materieel, vele kilometers van Londen verwijderd. Het beeld van Deborah ging even door zijn hoofd, maar hij duwde het van zich af, zoals een hardnekkig en irritant insect wegslaat.

Maar wat als Marcel gelijk had?

Hij draaide zijn hoofd en staarde naar waar Arnaut Justin te eten gaf, alsof hij een kind was.

"We zijn net gevangen genomen", zei hij tegen zichzelf ": we zijn hier nog maar één dag, en haat, wraak, dood, worden al als belangrijke personages in deze tragedie voorgesteld. Hebben we niet genoeg geleden? Wat voor verschrikkingen zijn er nog wacht ons? Is het genoeg dat een groep mannen samenkomt om het beest in één keer te laten manifesteren ...? »

Toen klonk de sirene.

De mannen keken elkaar aan en sommigen begonnen te protesteren, omdat ze het slib dat hun boten bevatten nog niet hadden afgemaakt. Even later leunde een soldaat de deur uit en schreeuwde:

"Raus!

"Ga! "Zei iemand. "Misschien geven ze ons sigaretten en een kop koffie met cognac ...

Ze kwamen allemaal naar buiten. Horace en Ed hielpen Justin, die het moeilijk had. De mannen van het kamp verzamelden zich buiten en toen ze in de rij stonden, leidde sergeant Klossen hen naar de eerste binnenplaats, naast de deur die naar het gedeelte voor de Duitse kazerne leidde.

Peter Fells was erbij.

Twee Duitse soldaten hebben hem erin geluisd, geweren in de hand. De zoeklichten wierpen een grimmig licht op het veld, waardoor de schaduwen, die grotesk op de zandgrond waren geschilderd, dramatisch langer werden.

Adams keek naar de jonge man en zag dat hij ontbloot bovenlijf was en zijn hoofd naar beneden gebogen. Een van zijn handen rustte op het handvat van een houweel. Fronsend ging de sergeant in een rij staan met de anderen, in de houding staand.

Oberleutnant Slassen verscheen kort daarna en keerde zich naar de gevangenen. Een cynische glimlach zou zijn lippen een beetje van elkaar scheiden. De tolk liep naast hem.

"Ik ben blij", zei Heinrich, langzaam sprekend en de tolk zijn zinnen latend, "om u de kans te geven om de behandeling te zien die het nationaal-socialisme Joodse honden geeft. Omdat deze man, van wie we de uniform dat hij niet verdiende te dragen, heeft gevochten tegen Duitsland, niet zoals jij, maar in de hoop ons te beledigen met zijn smerige aanwezigheid ...

"Je kunt niet begrijpen wat we hebben moeten doorstaan om van dit smerige ras af te komen. Ze stonken in de straten van Duitse steden toen zulke kerels konden bewegen zoals ze wilden, fantastische zaken deden toen het Duitse volk in nood was, onder de ellende die ons was opgelegd met de "dictak" van Versailles ...

"Zij, de Joden, hielpen elkaar, bemoeiden zich met alles en gaven niets om de ellende en honger die we leden. Sommige van deze varkens durfden onze vrouwen, zussen en vriendinnen aan te raken met hun onzuivere handen, misbruik makend van hun rijkdom... .

Maar Duitsland is ontwaakt en is nu klaar om alles wat naar Joden ruikt weg te vagen! Ze zijn onze gevangeniskampen niet eens waardig! Daarom wil ik dat je ziet hoe ik ervoor zorg dat dit smerige ras zich niet vermengt met mensen die het verontreinigt en corrumpeert.

Hij wendde zich boos tot de soldaat:

'Begin met graven, jood!

Klossen benaderde Peter dreigend, met in zijn hand een knots van het soort dat gewoonlijk door Wachters wordt gedragen.

Fells begon te graven.

Een greppel van ongeveer zes voet lang en half breed was gemarkeerd met krijt. Hij schepte aarde op tot de rand tot borsthoogte kwam.

Toen lieten ze hem naar boven gaan.

De ontlading van het machinepistool van een van de bewakers verraste iedereen. Als door een onzichtbare hand geduwd, richtte Peter Fells zich op en dook toen in de diepten van zijn eigen graf, wat hij even daarvoor had gedaan.

"Naar de kazerne! Rauss! Schreeuwde de bewakers.

Ed en Horace moesten Justin dragen.

Hij was flauwgevallen.

Ik moet koorts hebben... dacht Adams.

Hij lag op het stro, gewikkeld in een van die dunne katoenen dekens die hun waren uitgedeeld en die naar carbolzuur rook, waarmee ze waarschijnlijk waren ontsmet.

Hij huiverde elk moment, maar de koorts "en hij wist het heel goed" was niets meer dan een leugen die bestemd was om zijn eigen geweten te bedriegen, niet alleen geschokt door wat hij aan het begin van de nacht had gezien, maar ook door die wake die hem oplegde zichzelf, zich bewust van alle geluiden die tot hem kwamen van de plaats waar Justin Selby lag. "Hoe is het mogelijk?" " vroeg hij zich af.

Ze had naar Justin geluisterd, die rusteloos heen en weer bewoog op zijn bed van stro. Ze hoorde hem ook diep zuchten en stelde zich gemakkelijk de marteling voor die die arme jongen moest ondergaan.

"Arme jongen?" "De boze stem van zijn geweten werd verheven." En Pieter? Hij is op een onwaardige manier gestorven, zelfs negerend dat hij was aangeklaagd ... dat een collega, bijna een broer, hem had aangeklaagd ... »

Het walgde hem zo te moeten denken en nu herinnerde hij zich de woorden van Marcel, toen hij naar de Jood verwees: "Het zou beter zijn geweest als hij was omgekomen door een kogel, vooraan...". Wat had hij gelijk! Men zag dat de Fransman een ervaring had die hem in staat stelde de waarheid te kennen, om verraad aan te voelen waar Adams hem nooit zou hebben ontdekt.

Ze hoorde Justin rechtop zitten klagen.

Toen bereikte de stem van Horace hem.

'Voel je je slecht, Selby?

'Een beetje... ik denk dat ik naar de latrine ga. Mijn buik doet veel pijn...

'Ik ga met je mee. Je staat nauwelijks.

Shaw kon zich niet inhouden en ging rechtop zitten en keek Colton dreigend aan.

'Laat me alleen gaan, Horace! Hij "bulderde". Weet je niet dat Duitsers geen twee gevangenen samen willen zien?

Er verscheen een droevige glimlach op Selby's lippen.

'De sergeant heeft gelijk, Horace. Toch bedankt. Ik ga alleen.

'Maar je kunt nauwelijks opstaan!

'Ik zal het redden.

Ed Cooper was wakker geworden en keek met grote ogen maar slaperig om zich heen.

"Is er iets mis?" Vraag ik.

'Nee, antwoordde Horace.

Justin liep langzaam naar de uitgang van het bunkhouse. Adams volgde hem met zijn blik en kon het niet helpen weer te huiveren. Cooper zat op het stro en zuchtte.

"Er is niets te doen! "Zei hij. Ik kan niet slapen ... Jullie verdomde klootzakken! Arme Fells!

"Jullie schurken! Horace bevestigd.

"Hou je bek! "Brulde de sergeant." Roer er niet meer om! Hij is dood en we kunnen niets voor hem doen ... Bovendien "de toon van zijn stem werd wat zachter. Nu zou ik in Marcel kunnen geloven", wil ik om jullie iets te vertellen.Morgen zullen ze weer vrijwilligers vragen.Ik wil dat we ons even voorstellen.

"Hoi?" Kuiper was verrast". Vrijwilligers om met die moordenaars te werken? Bent u gek geworden, meneer?

"Zeg geen dwaasheid! Ze hebben Peter vermoord, het is waar ... maar iemand heeft hem aangegeven.

Horace's ogen werden groot.

"Rapport...?" vroeg hij, niet in staat te geloven wat hij zojuist had gehoord. "Wie had het kunnen doen, sergeant?

Shaw gebaarde naar de deur van het slaaphuis.

'Het was Justin,' zei hij met gedempte stem.

Ze keken hem aan, geschokt en geschokt tegelijk. Sam Blue was wakker geworden en hoorde de laatste woorden van zijn metgezellen en de sergeant.

'Dat kan niet! Hij protesteerde heftig.

"Het is waar", antwoordde Adams. Justin wilde terug naar Engeland en geloofde, zeer begoocheld, dat de Duitsers in Londen zouden verschijnen zoals ze in Parijs deden.

'En de klappen, waren dat dankzeggingen?' vroeg Horatius.

"Ze deden het om geen argwaan te wekken bij de andere gevangenen.

'Ik kan het niet geloven,' verzekerde Ed.

Wie wist dat Petrus joods was? vroeg Sam toen. Dat wist ik niet.

'Ik ook niet,' zei Cooper.

"Ik ook niet" greep de sergeant in. Maar Justin moet het weten. Peter had meer vertrouwen bij hem dan bij ons allemaal.

'Het is waar...' peinsde Sam.

"Nee", antwoordde Ed. Ik heb gelezen dat de nazi's Joden weten te ontdekken op dezelfde manier als wij een zwarte man ontdekken ... Ze ruiken ze van verre!

'Onzin,' antwoordde Shaw. Dat zal zijn in de gevallen waarin de fysionomie van de joden getrouw wordt weergegeven; maar in het geval van Peter zouden ze er nooit achter zijn gekomen. Fells moet voor ons ras tot een zeer gemengde familie hebben behoord.

Ze waren lange tijd stil; toen zei Horace:

"Het duurt lang. Ik ga kijken of er iets met hem is gebeurd. Hij is zo zwak en hij is zo klein...

'Toch! brulde de sergeant.

"Maar...

"Ga niet weg van hier" zuchtte hij toen, zijn ogen neerslaand. Er is iets dat ik je nu niet kan uitleggen, maar dat ik je morgen zal vertellen. Kom op, allemaal slapen.

Ze nestelde zich in de smerige deken en begon weer te rillen.

Hij voelde zich oneindig moe, alsof hij zojuist een eindeloze weg had afgelegd, door een guur en wreed landschap. Het was de eerste keer in zijn leven dat hij echt verkeerd had gehandeld, want door naar zichzelf te luisteren zou Justin de kazerne niet hebben verlaten. Hij was het die hem in de duisternis van de latrines had geduwd.

Marcels stem galmde in haar oren.

Maak je geen zorgen, Adams. Mijn jongens zullen voor hem zorgen. Het enige wat je hoeft te doen is deze poeders aan hun eten toe te voegen... »

Hij huiverde weer.

'Ik heb koorts...' 'dacht hij.

HOOFDSTUK V

Op 10 juni 1940 was de situatie aan het Franse front duidelijk chaotisch. De Duitse voorhoede bezette een groot gebied dat zich uitstrekte van Dieppe, langs de Atlantische Oceaan, tot Montmedi, aan de Belgische grens. Sterke Duitse gemotoriseerde colonnes rukken snel op richting Rouen. Een ander is erin geslaagd Beauvais over te steken en raast op volle snelheid naar de samenvloeiing van de Seine en de Oise, al een paar kilometer van Parijs. Op de linkervleugel van de Duitse opmars vochten de tanks rond Soissons en verder naar het oosten huiverde Reims toen de aanvalstanks van het Derde Rijk voorbij kwamen.

De Fransen noemden hun oorlog, die in feite niet meer was dan een strijd van veertig dagen, met een speciaal bijvoeglijk naamwoord: 'drôle'. De betekenis van dit woord biedt vele anderen en het kan worden gezegd dat het zou worden vertaald met "grappig", "belachelijk", "vreemd" en nog enkele andere betekenissen. De realiteit was dat er slechts gedeeltelijk verzet was tegen de Duitse opmars en dat al snel, sinds de ineenstorting van België, de geallieerde nederlaag werd neergeslagen en er niets meer aan te doen was.

Er waren nog twee dagen over voordat de laatste catastrofe zou plaatsvinden.

Maar op die ochtend van 10 juni vertrok een man genaamd Paul Sermaint, van in de veertig, helemaal alleen in een auto, op weg van Parijs naar de stad Orleans. Als de ideeën van dat merkwaardige karakter waren geanalyseerd, zou men hebben gezien dat de nederlaag van zijn land, dat al duidelijk was gedefinieerd, niet overdreven voor hem telde. Duistere problemen en veel bredere problemen voor hem baarden hem op dat moment zorgen. Daarom ging hij, zodra hij Orleans bereikte, naar een van de kazernes waar nog soldaten waren die niet naar het front waren gestegen. Het was een kwartiermeestereenheid waarin hij al snel de man vond die hij zocht. Marcel Santais.

Het kostte hem ook niet veel om een vergunning te krijgen van de hoofdofficier van de compagnie waartoe het gevaarte behoorde en een half uur na zijn aankomst in de stad vertrokken ze allebei in de auto, zonder hun lippen van elkaar te scheiden totdat ze elkaar ontmoetten op de weg die hij reed. naar het zuiden, op weg naar Poitiers.

'Ik had er graag nog een paar gevonden,' zei Paul, zijn partner aankijkend, maar tegelijkertijd naar de weg kijkend. "Maar het is niet gelukt. Je zult het zelf moeten doen.

"Waar gaat het over?

Sermaint antwoordde voorlopig niet.

De weg stond vol met vluchtelingenvoertuigen die snel uit Parijs vluchtten. Hij was de formidabele stroom van mensen gepasseerd die, zelfs uit België, Frankrijk doorkruisten in die dagen van verbijstering en terreur. Maar toen ze hoorden dat de Duitsers de Franse hoofdstad naderden, verlieten honderden mensen hun huizen, namen alleen het noodzakelijke mee en vormden die zeer lange karavanen die de militaire politie probeerde te kanaliseren, zodat ze plaats zouden maken voor de legertrucks die gingen naar Parijs. .

Maar Paul, die nog steeds zweeg, toonde later dat hij het land perfect kende, aangezien hij een secundaire weg nam en het gaspedaal kon indrukken, zonder zich er iets van aan te trekken dat hij een grotere afstand moest afleggen, omdat hij wist dat hij zou bereiken Poitiers veel eerder dan wanneer hij de menigte zou volgen. imposant van de mensen die zijn gevlucht en wiens voertuigen de weg bijna volledig hebben afgesloten.

Toen hij de auto weer kon normaliseren, sprak hij verder:

'Het is iets heel belangrijks, kameraad. Ik moet zo snel mogelijk terug naar Parijs, maar ik zal je zo snel mogelijk afzetten in de buurt van de plaats waar je je werk moet doen.

'Ik hoop dat je me uitlegt waar het over gaat.

"Ja. Ik ga het je vertellen. Er is in de buurt van Poitiers, in een verlaten mijn, een ideaal huis waar het leger vele maanden geleden een opslagplaats heeft gevestigd. Wapens, munitie en granaten in onberekenbare hoeveelheden. Een echte schat.

"Natuurlijk.

"De meeste mannen die dat allemaal naar de verlaten mijn hebben gebracht, staan vooraan. Sommigen zullen gevangenen zijn geweest en anderen zullen dood zijn. Hoe dan ook, het is bijna zeker dat ze het werk zijn vergeten dat ze hebben gedaan in die hele tijd die is verstreken vanaf onze oorlogsverklaring tot het Duitse offensief. Natuurlijk bewaakt nu een klein garnizoen het pakhuis.

"Hoeveel?

'Vijf mannen en een sergeant genaamd Courmont. Ik heb geprobeerd te analyseren wat voor soort het waren, maar de rapporten die ik heb ontvangen waren helemaal niet bevredigend.

"Wat bedoel je?

'Dat hij, wat deze Courmont betreft, een oude militair is. Hij heeft zelfs gesproken over het opblazen van het depot, als hij het bevel krijgt het aan de vijand over te dragen.

" Hoe grappig!

'En dat kunnen we niet toestaan, Marcel. We gaan door een aantal echt belangrijke momenten. U weet al dat ik de organisatie van een verzetsgroep wil uitvoeren en dat deze wapens ons kostbaar kunnen zijn. Daarom moeten we ze grijpen, hoe het ook zij.

'Je denkt er toch niet aan om ze uit het magazijn te halen?

"Daar ben ik niet gek genoeg voor. Ik wil dat je dat kleine bijgerecht afmaakt. Ik heb aan je gedacht en was blij dat je nog niet naar voren was gekomen. Ik heb niet kunnen vergeten dat jij de instructeur was van vernielingen en handslagen in onze cel.

Marcel Santais glimlachte.

"Heel erg bedankt" zei hij later. Maak je geen zorgen, Paulus. Ik zal het regelen.

'Je denkt toch niet dat ik je met blote handen laat gaan?

"Natuurlijk.

"In de koffer van de auto liggen wapens en explosieven, zodat je je werk goed kunt doen. De plek waar die oude verlaten mijn zich bevindt is ideaal voor een aanval. Er is een klein station tegenover, dat door niemand wordt gebruikt. De spoorlijn is bedekt met aarde en treinen zijn er al eeuwen niet meer.

'Hoe hebben ze de munitie toen vervoerd?

"Met vrachtwagens. Kijk, we zijn dichtbij...

Het landschap bood inderdaad woestijnkenmerken. Een reeks kale heuvels vormde een kleine bergachtige kern en het duurde niet lang om de weg te volgen om de oude verlaten en nutteloze spoorweg te ontdekken die in die heuvels zonk. Sermaint stopte het voertuig en stapte uit, gevolgd door zijn partner.

"Het is daar", zei hij, wijzend naar de bocht die het spoor aan het trekken was. We mogen nu niet dichterbij komen.

"Mee eens.

Toen gingen ze terug naar de achterkant van de auto en Paul opende de koffer en haalde er een machinepistool en wat dynamietstaven uit, evenals handbommen. Ze plaatsten het kleine arsenaal bij de goot en toen zei Sermaint, starend naar zijn metgezel:

'De staven dynamiet zijn voor jou om de ingang op te blazen. Ik heb een klein plan voor je meegebracht zodat je weet waar je de lasten moet plaatsen. Een grote landmassa zal vallen en alles zal worden verborgen.

'Zijn die jongens in de mijn?

"Nee" glimlachte de ander. Ik zou het je eerder hebben verteld. Ik zie dat je een geweldig idee had, toch?

Marcel glimlachte ook.

"Het zou niet slecht zijn geweest om de ingang op te blazen en ze binnen te laten. Ze moeten tenslotte dood...

"Maar het is niet mogelijk om dat te doen. Bij de ingang hebben ze een kleine barak gebouwd. Zodra het donker wordt, kun je naar boven komen en ze doden. De rest zal gemakkelijk zijn.

"Begrepen.

'Als je klaar bent, kun je terug naar Parijs. Je weet waar je me kunt vinden.

'Goed, kameraad Sermaint.

"Veel succes.

"Bedankt.

Even later stapte Paul Sermaint in zijn auto, draaide hem om en reed weg over de stoffige weg.

Marcel Santais bleef alleen achter.

Zenuwachtig een sigaret opstekend, wendde sergeant Courmont zich tot Pierre naast hem.

'Het is klote om de radio te horen', zei hij.

'Natuurlijk. Daarom heb ik het gesloten. Ook 'de soldaat toegevoegd, fronsend', ik kan niet stoppen met aan de mijne te denken.

'Ze wonen toch in Parijs? Vroeg de sergeant.

"Ja meneer. En ze zijn alleen. Mijn vrouw, mijn twee kinderen en mijn oude moeder ...

"Laten we hopen dat de Duitsers Parijs niet binnenkomen.

'Het is een illusie, meneer. Verdomde oorlog!

'Ik had nooit geloofd dat het zo slecht met ons ging', vervolgde Courmont, alsof hij tegen zichzelf sprak. Het is een schande dat ze ons op deze manier hebben verslagen.

"Ik wilde iets vragen", zei de soldaat, terwijl hij zijn meerdere aankeek.

"Waar gaat het over?

'Kun je me geen vergunning geven, over een paar dagen? Ik zou naar Parijs gaan en onmiddellijk terugkeren. Begrijp mijn ongeduld, sergeant...

Courmont knikte.

'Ik zal liet je geven, jongen. Ik hoop alleen dat ze ons iets vertellen over dit munitiedepot. Als we het moeten opblazen, zullen we en zullen we gaan. Ik zou doodgaan van schaamte als ze ons dwongen het aan de nazi's over te dragen.

'Denk je dat ze zoiets zouden bestellen?

"Iedereen weet!

De rest van het peloton bevond zich in de tweede kamer met de kazerne. Pierre, die de eerste wacht was geweest, bleef bij de sergeant, aangezien hij een paar nachten nauwelijks had kunnen slapen.

Hij maakte zich grote zorgen.

Hij kon niet begrijpen, hoeveel hij er ook over nadacht, hoe ze dat formidabele arsenaal in de verlaten mijn niet hadden gebruikt. Hij had op de radio gehoord dat de Franse opperhoofden klaagden over het gebrek aan uitrusting, en toch waren er munitie en wapens voor bijna één divisie. Hij kon er niet de minste twijfel over hebben dat verraad zich al voor de oorlog nestelde bij het opperbevel aan wie de verdediging van het vaderland was toevertrouwd.

En dat maakte hem razend.

Honderd procent Frans, verloochende Courmont stilletjes toen hij het depot moest bewaken. Hij zou naar het front hebben willen gaan om tegen de vijand te vechten, zoals vele anderen hadden gedaan. Maar tegelijkertijd onderdrukte hij, een gedisciplineerde en gehoorzame man, zijn verlangen om te vechten en klemde zijn tanden op elkaar, maar wachtte altijd op het moment waarop hij zou worden geroepen om te gaan vechten.

De nacht was volledig over de kale heuvels gevallen en bedekte ze met intense duisternis. Courmont en zijn mannen waren gewend geraakt aan de indrukwekkende stilte die heerste in de regio, ver weg van de mijn. En als de bewakers er niet moe van waren geweest, zouden ze, net als in de maand mei, buiten op de dunne laag gras naast de spoorlijn hebben liggen slapen onder het heldere tapijt van de sterren.

Op die momenten konden ze zich niet voorstellen dat een man vol haat naar de kazerne oprukte. Ze waren er zo zeker van dat ze door niemand op die afgelegen plek zouden worden gestoord dat de bewaker in werkelijkheid werd teruggebracht tot een verblijf in de kazerne, een manier om op de een of andere manier aan militaire discipline te voldoen, zij het zonder veel enthousiasme.

Wie kan er verdwalen in die wilde en verlaten plekken?

Marcel Santais liep langzaam naar de mijn. De barak, waarvan het verlichte raam hem liet zien dat er iemand wakker was, terzijde latend, ging hij naar de ingang van het munitiedepot en nam daar de staven dynamiet mee die zijn collega Sermaint hem had gegeven. De duisternis was zo intens dat hij op dit moment de precieze vorm van de mijningang niet kon onderscheiden. Maar dat maakte hem weinig uit. Hij was van plan zichzelf zo snel mogelijk op te blazen, maar eerst moest hij het belangrijkste werk doen: het vervelende garnizoen uitschakelen dat met geweld moet zijn gedood, zodat niemand zou weten wat daar verborgen was.

Hij had er geen spijt van dat hij landgenoten moest doden.

Partijdiscipline was voor hem een tweede natuur geworden en hij was van mening dat obstakels voor de voortgang van de organisatie hoe dan ook moeten worden weggenomen, zonder stil te staan bij de persoonlijke gevolgen voor degenen die zouden vallen. in de stille strijd om een macht die met de Duitse overwinning verder weg leek dan ooit.

Terwijl hij zich in volledige stilte bewoog, naderde hij de deur van de kazerne en klampte zich eraan vast, luisterend naar een deel van het gesprek dat de sergeant en Pierre op dat moment voerden. Er verscheen een felle glimlach om zijn lippen toen hij zich realiseerde dat ze zich totaal niet bewust waren van het gevaar dat op hen lag. Het was gemakkelijk te begrijpen dat deze mannen, verveeld door het lange verblijf in die afgelegen plek, er volkomen zeker van waren dat daar niemand verscheen. En dat zou de sinistere plannen van Santais op een bepaalde manier vergemakkelijken.

Zijn rechterhand streek lichtjes over de deurknop en controleerde met een delicate en subtiele beweging of deze niet helemaal dicht was. Toen zwaaide hij hard met het machinepistool en gaf de deur een formidabele trap, die openvloog. Hij was deze manier van doen gewend en liet de sergeant en de man die hem sprak de minste tijd om te reageren.

Het machinepistool sprong in zijn handen toen de projectielen naar buiten kwamen en hij merkte meteen dat hij zijn doel niet had verloren, aangezien de twee mannen die zich naar hem toe keerden, eerder verrast dan bang, op de grond lagen te bloeden uit hun wonden. die de kogels hadden voortgebracht.

Iemand schreeuwde achter de deur aan de achterkant van de kamer en Santais kwam op volle snelheid naar voren en klopte opnieuw op dezelfde manier als hij bij de voordeur had gedaan. Vier mannen waren daar, haastig overeind, hun ogen nog half gesloten van de slaap.

Hij schoot weer.

De Franse soldaten vielen, kronkelend, niet in staat iets te doen om deze zo onverwachte dood te voorkomen. Toen hij zag dat een van hen nog leefde, naderde Marcel hem en plaatste met al zijn koelbloedigheid de loop van het machinepistool op minder dan tien centimeter van het gezicht van die ongelukkige. Toen haalde hij de trekker over en moest zich terugtrekken zodat de hersenmassa van de man niet in zijn gezicht zou spatten.

Het was allemaal over.

Denkend aan de specifieke instructies die kameraad Sermaint hem had gegeven, vond hij enkele blikken benzine en stak de kazerne in brand, met de lijken erin. Het mooiste is dat er geen spoor was dat daar een garnizoen was geweest, iets dat de Duitsers aan het bestaan van het munitie- en wapendepot kon doen denken. Toen controleerde hij of het licht van het vuur de ingang van de verlaten mijn goed verlichtte, nam hij de kaart die Paul hem had gegeven uit zijn zak en plaatste de ladingen op de plaatsen die Paul had aangewezen. Verscheidene tonnen aarde zouden vallen, de monding van de mijn blokkeren en zo tot op het juiste moment een schat verbergen die zou kunnen worden omgezet in een verdere overwinning, wanneer de verzetsstrijdkrachten op de juiste manier waren georganiseerd.

Veel eerder dan hij had gedacht, dankzij de helderheid van het vuur, liet Marcel Santais de dynamietladingen opspringen en ging hij de weg op, op weg naar de weg die hem later naar elk punt zou brengen waar hij naar Parijs zou kunnen verhuizen.

Maar de dingen waren ook niet zoals hij dacht.

Zodra hij de Franse hoofdstad was binnengegaan, acht uur later, werd hij gearresteerd door een Duitse patrouille die hem ontwapende en zonder Sermaints huis te kunnen bereiken, brachten ze hem naar vrachtwagens waar ze hem met honderden andere gevangenen naar het noorden brachten , waardoor hij Duits grondgebied binnendrong om achter het prikkeldraad van de Stalag XXIII te belanden.

De gieterij die Funker runde, stond ongeveer tien kilometer ten noorden van het gevangenkamp.

De Mercedes van Oberleutnant Heinrich Slassen stopte bij de voordeur en de chauffeur rende uit zijn stoel en opende de deur voor zijn superieur. Hij klom de trap op en ging de brede hal binnen, waar Funkers secretaresse al op hem wachtte. De twee mannen schudden elkaar de hand en liepen toen naar Funkers kantoor, waar de secretaresse de militair achterliet.

Funker was een lange, magere man van in de vijftig. Het blonde haar dat ooit zijn schedel bedekte, was bijna helemaal verdwenen en de door de zon verbrande hoofdhuid gloeide helder. Hij had een breed voorhoofd, dat door de kaalheid veel groter leek, en blauwe ogen, diep in donkere kassen die hem een zekere kadaverachtige uitstraling gaven. Hij was netjes gekleed en stond op uit zijn kantoor om de Oberleutnant te ontmoeten, wiens hand hij stevig vasthield.

'Ik zat op je te wachten,' zei hij. Ga zitten alstublieft. Een sigaret?

"Dank u" nam de officier aan.

Onderdanig, terwijl Heinrich gulzig de Turkse sigaret rookte die hij hem had geschonken, ging Funker naar een barkast en bereidde twee glazen echte Franse cognac. Hij plaatste er een langs de rand van de tafel, naast de plaats waar de officier zat, en toen, de andere in beide handen nemend, draaide hij hem rond, waarbij hij de amberkleurige vloeistof verwarmde terwijl hij aan de andere kant ging zitten. van de enorme tafel. kantoor.

"Heb je het al gedaan? vroeg hij met een honingzoete stem.

'Natuurlijk, meneer,' loog de officier. Ik deed eerst een kleine proef, waarbij ik om vrijwilligers vroeg, om het resultaat te zien dat ik kreeg door die varkens te behandelen alsof ze het niet verdienen. Natuurlijk kwam er niemand opdagen. Maar dat is makkelijk te verklaren. Ze zijn heel korte tijd gevangenen geweest en zijn nog niet gewend geraakt aan de plichten die ze hebben jegens het land dat hen gevangen heeft genomen.

Funker fronste zijn wenkbrauwen.

'Ik heb je nodig, Oberleutnant. U zult zo dadelijk met eigen ogen mijn huidige situatie in de gieterijkamer zien. Mijn teams van arbeiders zijn in kaders gebleven, aangezien velen naar het front zijn gegaan. Bovendien geef ik er eerlijk gezegd de voorkeur aan dat deze gevangenen gevaarlijk werk doen en koste wat kost de gezondheid en fysieke integriteit van onze Duitse arbeiders behouden. Ben je het niet met me eens over deze bepaling?

"Natuurlijk meneer. Wat er met die varkens gebeurt, baart me weinig zorgen.

Funker glimlachte.

'Kom nu met me mee, luitenant. Ik ga je iets grappigs leren.

Ze verlieten het kantoor en liepen verder door een lange gang die naar een soort prieel leidde, volledig bedekt met glas. Van daaruit, aan de voeten van de waarnemers, was een zeer grote kamer te zien, waarvan een kant volledig werd ingenomen door de hoogovens. De hitte moet ondraaglijk zijn geweest in deze kamer, aangezien de weinige mannen die werkten in korte broeken waren en de rest van het lichaam naakt hadden. Hun ruggen straalden van het zweet en van tijd tot tijd gutste er een roodachtige helderheid uit de bodem van de ovens, waardoor aan het geheel een aspect werd onttrokken dat onmiskenbaar aan Dantes hel deed denken.

'Het moet hard werken zijn,' meende de Oberleutnant.

"Niet alleen dat," antwoordde Funker. Het echt lastige komt wanneer de ovens moeten worden "ontlucht". Hoewel de faciliteit vrij modern is, hebben we niet genoeg apparatuur om de mannen te beschermen en velen van hen hebben ernstige brandwonden. Het slechte van dit alles "voegde hij eraan toe, na een korte pauze" is dat we dag en nacht moeten werken, zonder er omheen te kunnen. Ik heb je al verteld dat nogal wat van mijn arbeiders zich bij de gelederen hebben gevoegd en momenteel aan het front vechten. Om die reden zijn die mannen "en hij wees naar de kamer" bijna volledig uitgeput.

"Morgen zult u zoveel arbeiders hebben als u nodig heeft, meneer Funker", verzekerde de officier. Zodra ik op het veld ben, zal ik de nodige teams samenstellen. Wat is het nummer van de eerste zending?

"Voorlopig zou ongeveer tweehonderd voor mij genoeg zijn. Natuurlijk "en hij glimlachte op een cynische manier", als je me garandeert dat ik de slachtoffers zal dekken.

"Natuurlijk.

'Dan oké. Laten we teruggaan naar kantoor.

Toen ze weer zaten, liep Funker, nadat Funker genereus de Franse brandewijn had geserveerd die hij in zijn barkast bewaarde, naar de luitenant toe en zei glimlachend:

'Ik zal je tweeduizend mark per week geven, Oberleutnant. Het ziet er goed uit?

Slassen likte zijn lippen voordat hij antwoordde.

"Prachtig, meneer. Heel erg bedankt.

'Ik moet ze u geven, luitenant. Hij gaat me uit een echte band halen.

"We moeten allemaal op onze eigen manier werken aan de opmars van de oorlogsindustrie in ons land.

"Blijkbaar. Nu, meer dan ooit, moeten we onze inspanningen verdubbelen en zoveel mogelijk produceren. Als je de Berlijnse rapporten zou lezen, zou je huiveren als je de eisen ziet die in al die rapporten staan. Ik weet zeker dat grote evenementen zijn in de maak en daarom hebben ze een werkelijk fantastische hoeveelheid materiaal nodig.

"De oorlog is nog maar net begonnen" glimlachte de luitenant. Ik verwacht ook grote verrassingen in Europa en eerlijk gezegd kijk ik het meest uit naar de landing in Engeland.

'Op de dag dat we Albion verpletteren,' zei Funker met stralende ogen, 'zullen we een zware industrie tot onze beschikking hebben die bijna net zo belangrijk is als de onze. Op dit punt zullen we praktisch onoverwinnelijk zijn.

Slassen kwam overeind.

'Nu, met uw toestemming, meneer Funker, ga ik met pensioen. Ik heb werk in het veld.

'Perfect, mijn beste vriend. En als je iets nodig hebt, aarzel dan niet om te komen, met de zekerheid dat als het binnen mijn bereik is, ik het meteen met het grootste plezier zal voorzien.

"Heel dankbaar, meneer.

"Dan zie ik je morgen.

"Tot morgen.

Even later verliet de Mercedes van de Oberleutnant het fabrieksterrein en ging het veld in.

Glimlachend, comfortabel op de achterbank van de auto gezeten, maakte Henrich Slassen berekeningen van al het geld dat hij de komende maanden zou ontvangen. Hij hoopte er echter veel meer uit te halen naarmate Funker's behoeften toenam. Het was het geluk, de gans die de gouden eieren legde die het lot had geplaatst, sierlijk binnen handbereik.

HOOFDSTUK VI

Toen ze het veld betreden, was Slassen zich er onmiddellijk van bewust dat er iets vreemds aan de hand was.

Toen hij uit de auto stapte, kwam sergeant Klossen voor hem onder de aandacht.

'Is er iets mis, Dietrich? Vroeg de officier, die zijn bezorgdheid niet kon verbergen.

'Ze hebben de jongen vermoord die gisteren voor u kwam, Herr Oberleutnant,' antwoordde Clossen. Die varkens hebben hem in de latrines geslacht.

Even werd Henrich overmand door woede. Maar toen, langzaam, brandde het licht op zijn hersenen en hij liet zelfs een glimlach op zijn lippen komen.

'Oké, Klossen,' zei hij. Ik ga naar mijn kantoor. Geef alle gevangenen opdracht om op de gebruikelijke manier in een rij te gaan staan.

Voordat hij het gebouw bereikte waarin hij woonde, hoorde hij de fluitjes die de gevangenen riepen, en toen het gedempte geluid van de mensen die uit de kazerne kwamen, aan de andere kant van de tweede rij prikkeldraad. In zijn kantoor deed hij niets anders dan de lijsten verzamelen van alle opgeslotenen in zijn Stalag, om later te ontdekken dat alle gevangenen al in de centrale straat van het kamp langs de kazerne stonden opgesteld.

De tolk benaderde hem, zoals altijd, klaar om aan te treden. Maar deze keer maakte Slassen een gebaar naar hem en zei later:

'Nee, ik heb je nu niet nodig. Ik ga hem persoonlijk spreken.

'Zoals u wilt, Herr Oberleutnant.

Hij ging als eerste door de gelederen en staarde naar de mannen die hun blik nooit neersloegen. Het was een uitdagende houding, waarschijnlijk omdat ze al wisten of dachten dat ze wraak zouden nemen voor de dood van de verklikker, die die nacht in de latrines was vermoord.

'Je hebt het mis,' dacht de luitenant. Maar ik ga je laten zien hoe ik het gepeupel van je klas tem ... »

Hij ging ongeveer in het midden van de formatie staan en verhief zijn stem en zei:

"Ik weet absoluut niets over wat er gisteravond is gebeurd en de waarheid is dat het mij ook niets kan schelen. Maar ik wil je waarschuwen dat het me heel weinig zou kosten om de schuldige te vinden. Hoewel ik tenslotte ook verklikkers veracht en diep van binnen denk ik dat ik hetzelfde zou hebben gedaan als jij, als ik in jouw plaats was. Maar laten we dat achterwege laten. Ik ga weer vrijwilligers vragen voor een baan van groot belang, in een nabijgelegen fabriek. Degenen die accepteren zullen een hogere algemene behandeling krijgen dan degenen die blijven. Ik wil eerder een opmerking maken: ik wil sterke mannen, bereid om de taak te vervullen die hun wordt opgelegd.

Hij pauzeerde.

"Natuurlijk zal dit verzoek om vrijwilligers", vervolgde hij, "een beetje speciaal zijn. Maar dit is een verrassing voor later. Nu, degenen die willen werken, stap naar voren.

Hij was er volkomen zeker van dat hij op die manier geen resultaten zou behalen. Om deze reden was hij de eerste die verbaasd was over een twintigtal mannen die naar voren kwamen, die stap naar voren deden en zich daarom afscheidden van de algemene lijn die onbeweeglijk bleef.

Aangenaam verrast door dit vertoon van eigenzinnigheid, zei hij:

"Prachtig! Ik zie dat er onder deze kudde varkens echte mannen zijn die hun verantwoordelijkheden kennen. Feldwebel Klossen!

De sergeant kwam, in de houding van de officier staan.

" Ja meneer!

'Neem zorgvuldig de namen van al die gevangenen en hun nummer. Van nu af aan zullen ze als onze vrienden worden beschouwd en we zullen ze speciale taken toevertrouwen, waardoor ze bijna allemaal voormannen zijn. Ik weet ook hoe ik dankbaar moet zijn. Breng ze nu naar het andere deel van het veld.

"Ja meneer.

De vrijwilligers vormden een rij en liepen achter de sergeant aan naar het prikkeldraad dat het veld in twee relatief gelijke delen scheidde. Onder hen waren natuurlijk, naast Marcel en zijn politieke partij, sergeant Shaw en de leden van zijn peloton. Adams had nagedacht over Marcels woorden en, zonder ze volledig te kunnen begrijpen, concludeerde hij dat het hem, althans voorlopig, goed uitkwam om de instructies van die mysterieuze Fransman op te volgen.

Nadat de vrijwilligers waren verdwenen achter de paarden die als poorten in het prikkeldraad dienden, zei de Obertleutnant:

'En nu de verrassing die ik u zojuist had aangekondigd. Zeg het me, Feldwebel!

De sergeant gehoorzaamde, naderde een van de rijen en begon te tellen toen hij voor de mannen langs liep:

"Een twee drie...

De gevangenen bleven onbeweeglijk.

"...Vier vijf zes zeven...

Bewegingsloos, maar met heldere ogen, keek de luitenant aandachtig naar de opmars van de sergeant.

"... Acht ... Negen ... TIEN ... Jij, ga uit de rij!

De telling werd herhaald, maar toen er al vijf mannen buiten stonden, riep de luitenant:

" Hoog!

Daarna gaf hij snel bevel in het Duits en de sergeant gaf een teken en beval twee van de soldaten, gewapend met machinepistolen, om hem te naderen. Toen ze naast de groep gevangenen stonden die uit de gelederen waren verwijderd, zei de sergeant:

"Vooruit, naar de bodem!

De brede straat die door de kazerne werd begrensd, eindigde in het meest oostelijke deel van het kamp in een hoge muur waarvan de oorsprong voor de gevangenen onverklaarbaar was. Al snel waren de vijf uitverkorenen op die plek en ja, er was geen twijfel meer voor degenen die dat zagen en die niet anders konden dan van top tot teen huiveren.

Evenmin hadden de vijf ellendelingen ongelijk over de bedoelingen van de Duitsers. Maar ze bleven, waar mogelijk, kalm en beten hard op hun lippen, ook al waren hun gezichten intens bleek.

'Ga naar de muur! De sergeant vertelde het hen.

Ze verstonden geen woord van wat de Duitser sprak, maar dat was ook niet nodig. Ze gehoorzaamden, schuifelden met hun voeten, lieten hun hoofd zakken en durfden niet naar hun metgezellen te kijken die, van veraf, het tafereel angstig volgden. Het was niet eens nodig om het bekende proces van executies te volgen. De sergeant was nauwelijks van het front van de twee soldaten verwijderd, dat zijn stem klonk als een zweepslag:

"Vuur!

Machinepistolen blaften en de mannen vielen en stapelden zich op elkaar. Een algemene huivering ging door de lange rijen gevangenen.

Even later stond de Feldwebel tegenover zijn superieur.

'Bestelling uitgevoerd, meneer!

Slassen knikte en verhief toen zijn stem om te zeggen:

"Ik ga weer vrijwilligers vragen. Maar als je weigert, zal ik je gelederen ernstig decimeren. Begrepen?

Niemand antwoordde hem.

"Wie in de fabriek wil werken, zet een stap vooruit.

De gelederen bewogen zich in koor. Ze hadden allemaal gehoorzaamd, met een huivering van afschuw, aan de ongehoorde wreedheid.

"Dat vind ik leuker" zei de Obertleutnant, glimlachend en blij om de behaalde overwinning ". Maar ik heb jullie allemaal niet nodig. De sergeant zal er ongeveer tweehonderd selecteren die morgenochtend om vijf uur naar de vrachtwagens gaan om Hij wendde zich tot de sergeant en voegde er in het Duits aan toe: "Kies de sterkste, Klossen. Toen beval ik de rijen te doorbreken.

"Ja meneer!

De eerste groep vrijwilligers was opgesloten in een kazerne, naast de tweede rij prikkeldraad, op een bevoorrechte plek. Marcel was de eerste die tot zijn verbazing zag dat ze nu slaapmatten hadden en dat het interieur van de kazerne niet het erbarmelijke uitzicht bood dat de rest van het veld wel had. Hij wendde zich tot Adams Shaw en zei met een triomfantelijke glimlach op zijn lippen:

'Je ziet dat ik me niet vergiste, vriend. Blij dat je mijn instructies hebt opgevolgd?

'Ja. Je had gelijk, Marcel. Ben je al lang in dit vak?

"Ongeveer drie maanden. Maar genoeg om meer ervaring te hebben dan jij. Ik wil met je praten, kom naar de achterkant van de kazerne. We zullen ons vestigen op die twee matten ...

Adams volgde hem en toen ze waren gaan zitten, ver weg van de rest van de mannen die, nog steeds opgewonden door de schietpartij die ze van ver hadden gezien, stilletjes op hun matten ploften, haalde Adams een pakje sigaretten uit zijn zak en overhandigde een voor de sergeant. Brits.

"Dit is nog maar het eerste deel van de piano", zei hij.

"Wat bedoel je?

'Dat dit alles bedoeld is om ons hier weg te krijgen. Heb je het je niet verbeeld?

"Ik vermoedde iets, maar niet alles.

'Je zult zien. Ik kan hier niet blijven, vriend Shaw. Ik heb een grote plicht in mijn land en ik moet daarheen terug, wat het ook mag zijn.

'Denk je dat we het gaan halen?

"Natuurlijk. Je hebt me dingen laten regelen. Ik heb je al gezegd dat ik je leuk vond sinds ik je zag. Je bent het soort man bij wie je veilig bent. Het maakt niet uit dat je mijn ideeën niet hebt. Beetje bij beetje weinig, terwijl je ons aan het werk ziet, zul je ervan overtuigd raken dat de partij het enige is dat telt. En nu ga ik je iets anders vertellen: in Frankrijk wachten ze op ons. Meer gretig dan je denkt. Omdat er veel zijn , veel mannen die, ternauwernood zonder wapens, moeten vechten tegen de nazi's. Ik ga uitleggen waarom...

Hij deed haar op zijn eigen manier verslag van de gebeurtenissen die voorafgingen aan zijn gevangenneming in Parijs. Hij vertelde hem over dit kolossale wapen- en munitiedepot en deelde hem toen mee dat hij in het veld had gehoord dat kameraad Paul Sermaint was gedood bij het begin van de bezetting van Parijs. Dit maakte hem de enige persoon die de locatie van het wapen- en munitiedepot kende.

"Beseft u het nu? Vroeg hij, starend naar zijn gesprekspartner.

'Dat is heel interessant,' antwoordde Shaw.

"Natuurlijk is het. Er zijn honderden kameraden die wachten op die wapens. De aanbetaling is echt fantastisch. En denk niet dat iemand ons gaat helpen, althans voorlopig niet. De Engelsen hebben het erg druk en helaas is de Sovjet-Unie te ver weg om ons te helpen. Daarom moeten we laten zien dat we in staat zijn om die nazi-honden ernstig ongenoegen te geven.

"Reken op mij.

'En met je mannen?

'Ook. Het zijn allemaal goede jongens en gewend om te vechten.

'Iedereen... behalve dat varken Justin Selby.

Adams Shaw, die zichzelf niet kon bedwingen, voelde een bittere smaak in zijn mond.

'Hij was een arme klootzak...' durfde hij te zeggen.

De ander haalde zijn schouders op.

"Hij was een varken, een verklikker, de ergste die een man in dit leven kan zijn. Weet je wie zijn keel doorsneed?

"Niet doen.

"Ik was het persoonlijk. Die jongens walgen van mij!

Maar Shaw herinnerde zich Selby anders. In zijn verbeelding was het beeld van die arme jongen, verlegen, vol angst, die de fout had gemaakt zichzelf voor te stellen aan, zeker, verrast en bewonderd te worden door de jongens van de buurt waar hij woonde. Natuurlijk had hij Peter Fells aangeklaagd en had hij met zijn leven betaald voor het verraad van zijn partner.

Hij staarde de Fransman aan.

"Je hebt het goed gedaan" zei hij. Fells was ook een uitstekende jongen.

Marcel gaf hem een vriendelijk schouderklopje.

'Ik zie dat je snel leert, Shaw. Jij zult mijn rechterarm zijn. En je zult zien wanneer we de nazi's kunnen confronteren, van aangezicht tot aangezicht. Dan betalen ze voor alles wat ze hebben gedaan. Het zal een meedogenloze strijd zijn, een meedogenloze strijd totdat de wereld beseft dat er geen andere uitweg is dan die, na de Eerste Wereldoorlog, gevonden door de mensen van de Sovjet-Unie.

De volgende ochtend voor zonsopgang verlieten tien grote vrachtwagens het veld en namen de weg die naar de Funker-fabriek leidde.

Voordat ze vertrokken, hadden ze een werkelijk buitengewoon ontbijt gekregen in vergelijking met het zwarte water en brood van dezelfde kleur dat ze elke dag gewend waren. Ze deelden zelfs sigaretten uit onder de vrijwillige gevangenen en er was een zekere vreugde onder hen die alleen werd bevlekt door de herinnering aan hun kameraden die de dag ervoor waren doodgeschoten.

Bij aankomst in de fabriek verdeelde de tolk, die nu Feldwebel Klossen vergezelde, de teams en werden bijna alle gevangenen naar de gieterijkamer geleid.

Anderen gingen naar de spoorwegterminal om het schroot te lossen dat later zou worden omgesmolten en omgezet in metaal dat geschikt was voor het bouwen van wapens en oorlogsmachines.

Marcel en Adams werden als voormannen toegewezen aan de gieterijkamer. Ze beseften al snel het gevaar van die baan en vooral de verschrikkelijke hitte die daar heerste. De fabriek was niet echt een model dat kon worden getoond om zijn genre te illustreren. Het was een oud gebouw dat voor die doeleinden was gebruikt en dat niet te vergelijken was met de zeer moderne faciliteiten in andere delen van Duitsland. Er waren drie klassieke hoogovens en vijf moderne Bassemer-converters, met hun karakteristieke peervorm en de scharnieren waarop ze roteerden om het gesmolten metaal te gieten, in tegenstelling tot de klassieke hoogovens, waarbij het nodig was om de "Bleeding" te maken. ; dat wil zeggen, open de onderste poort zodat het metaal er vloeibaar uit kan komen.

Het geluid dat de kamer volledig domineerde, was de brullende passage van perslucht, in de Bassemer-converters, die de sproeiers binnendringen om de juiste oxygenatie te produceren.

Toen de apparatuur eenmaal was uitgedeeld, hadden de twee nieuwe voormannen de tijd om een beetje weg te komen van de verzengende hitte die ontsnapte uit de ovens en converters die aan het ene uiteinde van de kamer stonden.

"Nu begrijp ik waarom ze vrijwilligers nodig hadden", zei Adams met een droevige toon in zijn stem. Dit is onmenselijk!

"Het is geen wonder van gieterij", antwoordde de Fransman glimlachend. Maar vergeet niet dat hier Duitse arbeiders werkten.

"Maar zeker niet in dezelfde omstandigheden.

'Natuurlijk. Hoe dan ook, je moet je niet al te veel zorgen maken. Wat telt, is ons plan.

Voor het eerst sinds ze Marcel ontmoette, vroeg Shaw zich af of ze het bij het verkeerde eind had gehad om zich bij de man aan te sluiten. Hij begon te beseffen dat niets voor zijn partner telde, behalve zijn eigen doeleinden. Nee, natuurlijk had hij graag met anderen samengewerkt, dezelfde opofferingen en pijnen doorstaan. En hij merkte dat zijn positie als voorman hem ernstig begon te irriteren.

Maar tegelijkertijd vervulde het idee van Marcel, voorbestemd om Frankrijk te bereiken, hem met onweerstaanbare vreugde. Hij begreep al het goede dat het kon doen als ze tegen de Duitsers vochten. Dat was zonder twijfel de rol die voor hem bestemd was. En terwijl hij zich al het lijden herinnerde tijdens die zeer lange terugtocht, van België naar Duinkerken, kwam hij tot de logische conclusie dat Marcel Santais gelijk had om alleen te denken aan de manier om, nogmaals, de wapens op te nemen.

De eerste "sangria", gemaakt in een van de hoogovens, maakte indruk op hem. Hij zag dat de mannen de patrijspoort openden en een witte vloeistof, met een verblindende glans, gutste uit de ingewanden van de oven, op de containers die later met de hand naar de vormen moesten worden vervoerd, met behulp van lange ijzeren staven om te voorkomen dat ze de containers die snel rood kleurden. De Engelsman keek angstig naar de mannen die, verpletterd onder het gewicht, heen en weer wankelden, zichzelf blootstellend aan het gevaar dat de gieterij zou vallen en hen levend zou verbranden.

Het was een ontmoedigend schouwspel, onbeschrijfelijk, in staat om de dappersten te laten beven.

Bassemer-converters hoefden daarentegen niet te worden 'ingesprongen'. Toen wat erin zat genoeg gesmolten was, keerden ze zich tegen zichzelf, dankzij krachtige draaipunten en ingewikkelde tandwielen, waarbij het vloeibare metaal rechtstreeks in de vormen werd gegoten. Maar niettemin, het werk dat met hoge snelheid werd uitgevoerd, zonder slechts een paar seconden rust, dwong de mannen tot een constante aandacht, ontelbare gevaren renden te midden van die verzengende temperatuur die het lichaam zonder water liet, waardoor de arbeiders gedwongen werden te drinken constant.

Een lange week werkten ze, verbaasd dat ze niet teruggestuurd werden naar het veld. Er waren inderdaad enkele ravijnen aangelegd naast de fabriek, omringd door Duitse soldaten en prikkeldraad, waar de mannen uitgeput neervielen na negen tot elf uur achter elkaar te hebben gewerkt. De diensten gingen eindeloos door en het was nauwelijks mogelijk om te slapen, of bijna te eten, omdat vermoeidheid alles overheerste. Marcel was intussen de enige die geen moment stil bleef staan bij de uitwerking van zijn gedurfde plan.

Toen ze die middag de gieterij verlieten, vergezeld van hun team als voormannen, waren ze verrast de Oberleutnant aan te treffen bij de ingang van het kleine concentratiekamp dat naast de fabriek was opgezet. De luitenant glimlachte naar hem, deelde sigaretten uit en bood hem toen enkele flessen alcohol aan die hij rechtstreeks aan Marcel overhandigde.

'We zijn zeer tevreden over het werk van uw mannen,' zei hij tegen de Fransman. Maar ik wilde je waarschuwen, want morgen, rond elf uur, komt er een kolonel van ingenieurs om de fabriek te inspecteren. Ik wil dat we u een optimistisch beeld geven van de voortgang van het werk en ik weet zeker dat u mij zult helpen. Het is niet waar?

Marcel glimlachte.

"Natuurlijk meneer. We zijn bereid om in alles mee te werken.

"Ik vind het leuk op die manier. U kunt uw mannen aankondigen dat we elke drie dagen sigaretten zullen uitdelen en dat we 's ochtends het boterrantsoen zullen verhogen. Ik heb ook geprobeerd het vleesrantsoen groter te maken. Maar je moet onvermoeibaar werken. Je weet, net als ik, dat ovens op geen enkel moment kunnen worden uitgeschakeld.

"Ja meneer.

De Oberleutnant stuurde hen weg en toen ontmoette Marcel, al in zijn kazerne, apart de Britse sergeant.

'Heb je gehoord wat hij zei? vroeg hij, zijn ogen straalden.

'Je bedoelt het bezoek van morgen?

'Ja. Het is de gelegenheid waar we op zaten te wachten. Voor iets heb ik instructies gegeven aan Claude, de voorman die nu in de fabriek is.

'Welke instructies? Shaw was verrast.

'Morgen zul je het zien, mijn vriend. Geloof me. Marcel vergeet zijn bedoelingen geen moment. Natuurlijk zullen we met grote snelheid moeten handelen.

"Ik begrijp jou niet.

"Laat het in mijn handen. Nu ga ik met je mannen praten. Zij, met Claude, zullen morgen degenen zijn terwijl we een eervol bezoek krijgen van de kolonel van ingenieurs. Is het je opgevallen dat er maar acht Duitsers zijn ons nieuwe kamp bewaken?

"Ja, ik heb het al gemerkt.

"Het is niet een heel groot aantal. Claude slijpt aluminium lepels en maakt er echte messen van. Voor iets werkte hij als metaalbewerker in Parijs.

'Probeer je de Duitsers aan te vallen met die primitieve wapens?

"Natuurlijk. Als we in de gieterij hebben gewerkt, hebben we een vrij veld. Voorlopig, "voegde hij eraan toe", zullen we gedwongen zijn twee van de vrachtwagens te gebruiken. Maar dan zullen we ze verlaten en zal ik de een om ze naar de Franse grens te leiden. Het zal heel moeilijk zijn, ik weet het, maar we hebben geen andere uitweg.

Adams kon het niet helpen de ordelijke en bekwame geest van de man te bewonderen. Het was duidelijk dat Marcel een speciale instructie had gekregen, gericht op terroristische daden en handslagen. Opnieuw was zijn hart gevuld met het idee van de vrijheid die hij zou bereiken en vooral met de mogelijkheid om opnieuw te kunnen vechten tegen de gehate Duitser.

Er waren nog wat scrupules in zijn ziel, vooral die die verwezen naar de wrede en kille manier waarop Marcel het leven van anderen moest beschouwen, ze werden snel gewist en maakten plaats voor de illusie die hem in staat stelde om uit die vreselijke gevangenschap te ontsnappen.

En Santais bleef met hem praten.

Hij legde het plan beetje bij beetje aan hem bloot en hield alleen het geheim voor wat er in de gieterij ging gebeuren. Misschien had de

Fransman de gevoeligheid van de kameraad opgemerkt. De waarheid is dat dit het geval was, en hoewel Marcel de Britten waardeerde, hield hij niet op bepaalde details in hem te verachten die hij duidelijk omschreef als "burgerlijke vooroordelen", en hij was er volledig zeker van dat hij erin slaagde ze definitief uit de hart van de Engelsen.

Die nacht kon Adams niet slapen.

Het idee dat het hem de volgende dag heel goed mogelijk zou zijn om de langverwachte vrijheid te bereiken, hield zijn ziel in spanning. En voor het eerst sinds hij in gevangenschap was, dacht hij weer aan Deborah, duizend keer vloekend op het moment dat hij door deze vrouw voor de gek was gehouden. Het was alsof de oude wond weer openging, bloed en pijn gutsten eruit. Een enorme bitterheid maakte zich van hem meester en hij slaagde er pas in om het te overwinnen, bijna bij zonsopgang, toen de fluitjes het dagteam riepen en hij moest opstaan, zijn metgezellen volgend, op weg naar de gieterij.

Gebruikmakend van een moment, zei Marcel in zijn oor:

'Onze dag is aangebroken, vriend. Vandaag zullen we vrij zijn of ze zullen ons ergens begraven ...

HOOFDSTUK VII

Aangekomen bij de fabriek was Adams verrast te ontdekken dat Marcels goede vriend, Claude Duvillard, daar was. Eigenlijk had hij, als voorman van de nachtploeg, de gieterij moeten verlaten. Maar het was duidelijk dat de Duitsers deze vrijwillige gevangenen steeds meer vertrouwden en dat Oberleutnant Slassen hen had gedwongen hun waakzaamheid wat te verminderen, aangezien hij enorme winsten maakte met het werk van deze mannen.

Shaw kon zijn ongeduld nauwelijks bedwingen.

Toen de vroege uren van de ochtend verstreken, realiseerde hij zich het enorme belang van de gebeurtenissen die zich kort daarna zouden ontvouwen. En terwijl hij naast Marcel liep, bleef hij vanuit zijn ooghoeken naar zijn partner kijken, zich afvragend welke details de ander voor hem had verborgen en dat ze in werkelijkheid zouden zijn als het uitbreken van de ontsnapping die ze aan het voorbereiden waren

.

Slechts één keer ging Marcel naar Claude, die zich naast de nummer vier Bassemer-convertor had opgesteld. De twee mannen spraken zacht en Shaw zag de ander krachtig knikken. Toen benaderde Santais de Brit weer.

"Alles is klaar," zei hij met een zachte stem.

"Ik ben ongeduldig.

"Het is natuurlijk. Ik ook. Het worden belangrijke momenten in ons leven, mijn vriend.

En hij glimlachte, maar zonder enige emotie op zijn gezicht. Adams had nog nooit een man met zo'n kilheid gezien. Er was een licht van fanatisme dat Marcel nooit verliet en dat zijn Britse metgezel niet naliet enige bezorgdheid te veroorzaken.

Het was moeilijk voor hem om de manier van zijn van een Latino te begrijpen, de manier waarop hij zijn eigen emoties voelde, de diepe betekenis van zijn overtuigingen die bijna altijd een fanatieke uitdrukking werden van een gevoel dat voor niets of niemand zou buigen. iedereen .

De ochtend ging veel sneller voorbij dan Shaw zelf had gedacht.

En plotseling werden de deuren van de kamer geopend en zagen de Britten de komst van de kolonel van ingenieurs, vergezeld van een luitenant van het personeel en door Oberleutnant Slassen, die ook werd vergezeld door de directeur van de fabriek, Funker. De kolonel was een lange man met een helder voorhoofd, grijzend haar en een onmiskenbare intellectuele uitdrukking. Hij moet in de vijftig zijn geweest, maar hij marcheerde op een krijgshaftige manier, in zijn hoge glimmende laarzen en zijn uniform met het embleem van Duitse legertechniek. Adams was enigszins ironisch dat deze kolonel smetteloze witte handschoenen droeg, te midden van het vuil dat daar regeerde.

'Zeg geen woord,' waarschuwde Marcel hem met gedempte stem. Ik zal voor alles zorgen. Begrepen, mijn vriend?

"Ja.

Terwijl de arbeiders aan het werk waren, naderde Marcel, na wie Adams marcheerde, de groep nieuwkomers en toen gebeurde er iets dat zelfs de Britten verraste. Marcel ging voor de Duitse kolonel staan, groette Hitler-stijl, hief zijn arm op en wierp een heil in zijn krachtige stem.

Aangenaam verrast glimlachte de kolonel, wendde zich tot de Oberleutnant en zei:

'Je hebt echte wonderen verricht, mijn vriend. Ik had nooit verwacht dat bij deze mannen werk gepaard ging met een nationaalsocialistisch gevoel.

Slassen was in glorie en wierp Marcel een dankbare blik toe.

"Ik heb nooit ongelijk gehad met mannen, meneer

'Hij heeft het de kolonel verteld.' En bij het aanstellen van deze algemene voorman, denk ik dat ik me niet heb vergist.

'Natuurlijk niet. Hoe heet je, jongen?' vroeg hij, terwijl hij zijn blik op de Fransman richtte.

'Marcel Santais, mijn kolonel. Namens mijn collega's "ging hij verder" Ik heet u van harte welkom en ik hoop dat u alles in perfecte staat zult vinden, aangezien we bereid zijn mee te werken aan het werk dat u ons hebt toevertrouwd.

"Heel goed gezegd", antwoordde de kolonel. Regisseur Funker vertelde me al dat de productie flink is toegenomen. Natuurlijk zullen we de schroeven nog wat strakker moeten aandraaien.

"We zijn bereid om elke inspanning te leveren," antwoordde Marcel onverschrokken. En nu, kolonel, mag ik u uitnodigen om de lediging van een van de Bassemer-converters te zien. De nummer vier. Wil je mij die eer bewijzen?

'Natuurlijk,' antwoordde de Duitser.

Zoveel koelbloedigheid van Marcels kant verraste niet alleen Shaw, maar hij was ook niet verbaasd dat zijn benen een beetje trilden. Hij was er zeker van dat de uitnodiging die de Fransman zojuist had gedaan de oorzaak zou zijn van de catastrofe die zich even later zou voltrekken. Hij deed een stap opzij en liet de Duitsers hun gang gaan, voorafgegaan door de Fransman, die hen naar de enorme converter leidde, met vlammen en vonken die uit zijn bovenste mond kwamen.

Niet in staat om het te ontwijken, misschien gedreven door een vreemde intuïtie, verraste Adams de blik die gekruist was tussen Marcel en Claude, die niet naast de converter was gekomen, terwijl hij de hendel in zijn hand hield die de enorme massa op zijn voeten. klapdeuren. De vier Duitsers positioneerden zich natuurlijk in een afgelegen gebied vanwaar de converter moest kantelen om het vloeibare metaal in de vormen te gieten die sommige gevangenen al hadden voorbereid. Ervan overtuigd dat beslissende momenten naderden, werd Adams overvallen door een gevoel van onbeschrijfelijke angst en nervositeit die over hem heen spoelde.

Omdat hij dacht dat als er iets mis zou gaan in het plan van Marcel, ze, zoals Marcel de avond ervoor had aangekondigd, doodgeschoten en begraven zouden worden in de buurt van de fabriek. Het was echter niet dat hij bang was voor de dood, maar dat hij zich niet kon voorstellen dat het zo goed zou aflopen als de sluwe Fransman had gehoopt.

De laatste was weggelopen van de Duitse groep en trok aan Adams' mouw, die gehoorzaam volgde. Toen riep hij, zijn stem verheffend om het donderende gesis van de heteluchtsproeiers te bedwingen:

"Klaar!

Claude Duvillard knikte.

Dan zei hij:

"Ja, klaar.

"Nu! De Fransman brulde.

Claude drukte op de hendel en de enorme massa kantelde; maar in plaats van naar de kant te gaan waar de mallen wachtten, zwaaide het kolossale apparaat scherp, en terwijl het viel, naar voren zwaaiend, wierp het de brullende massa vloeibaar metaal naar de verraste Duitsers.

Het was beangstigend.

Het geschreeuw van pijn, dat niet lang kon duren, omdat de veroorzaakte brandwonden een bijna onmiddellijke dood zouden veroorzaken, domineerde een moment het gebrul van de vloeibare massa die op de grond viel. Omdat ze te dicht bij de converter waren, werden de vier Franse servers ook bespat door die druppels vloeibaar metaal die hun lichaam doorboorden alsof het de tanden waren van een vraatzuchtig beest dat het vlees met grote happen verslindt.

De aanblik van die lichamen, die met een onbeschrijflijke snelheid door vloeibaar metaal corrodeerden, maakte Adams Shaw bijna misselijk. Maar Marcel daarentegen was geen moment zijn kalmte verloren. Toen hij hem naderde, zei hij:

"Ga! Het is het moment!

Ze renden naar de uitgang van de gieterij, terwijl de andere arbeiders hem vroegen wat er aan de hand was. Natuurlijk had Marcel met geen van beiden een compromis gesloten en het kon hem niet schelen wat er daarna met hen gebeurde. Alleen Claude volgde hem en al snel waren ze naar buiten, rennend naar de esplanade, waar het kleine concentratiekamp stond dat was opgezet voor de installatie van degenen die in de fabriek werkten.

Daar aangekomen realiseerde Adams zich dat het plan van Marcel perfect was verlopen.

De drie leden van zijn peloton, Sam Blue, Horace Colton en Ed Cooper, hadden, in samenwerking met leden van Marcels communistische cel, de schildwachten netjes geëlimineerd, met slechts één slachtoffer, een kleine man die op de grond lag, nog steeds gespietst door de bajonet van zijn vijand die op hem was gevallen, met een van die aluminium messen in zijn rug.

Ze verspilden geen tijd meer.

Ze gingen naar een van de vrachtwagens en Marcel nodigde hen uit om erin te stappen, stapte toen achter het stuur en startte het voertuig, dat uit dat gebied snelde, waar de Duitsers waren uitgeschakeld, aangezien de medewerkers van het kantoor van de directeur en assistenten waren totaal niet op de hoogte van wat er was gebeurd.

Zich ervan bewust dat elke seconde zijn prijs in goud had, gaf Marcel gas en nam een secundaire weg, volgens een route die hij eerder had bestudeerd. Drie uur later verlieten ze de vrachtwagen en gingen een junglegebied in, zonder zichzelf ook maar de minste rust te gunnen. Het leek Adams nog steeds een leugen dat dit allemaal was gelukt. Maar hij kon er niet aan ontkomen, bij vele gelegenheden te denken aan de wraak van de Duitsers en de represailles die zouden worden genomen op die ongelukkige mensen die, onwetend van het plan, met hun ogen wijd open in de gieterij waren achtergelaten, zonder begrip voor alles wat er gebeurde. gebeurt.

Adams was er nooit zeker van dat ze Frankrijk zouden kunnen bereiken, zoals ze deden, zonder serieuze obstakels tegen te komen. Maar die duivel Marcel leek alle paden en kronkels van de grens te kennen, en ze hadden maar een kleine ontmoeting met een paar schildwachten, die ze netjes elimineerden.

Eenmaal op Frans grondgebied, bleef Horace de ideale gids en, zich overdag schuilhoudend, liepen ze 's nachts geleidelijk naar Parijs, waar de Fransman in contact begon te komen met de leden van zijn organisatie.

Ondanks het feit dat hij niet kon vergeten wat er ongetwijfeld in het concentratiekamp aan de hand was, was Adams Shaw na de gebeurtenissen van die ochtend oprecht blij dat hij zijn mannen uit de hel had geleid om hen een kans te geven om te vechten. de Duitsers, wapens in de hand.

Beetje bij beetje verdwenen zijn angsten, en toen ze in de Franse hoofdstad aankwamen, voor het eerst normaal kunnen slapen en eten, begreep hij Marcels organiserende genie en bereidde hij zich voor om met hem samen te werken, er volkomen van overtuigd dat hij een patriot was honderd. per honderd, waarvan het enige doel was om tegen de gemeenschappelijke vijand te vechten.

Ze waren in de populaire wijk Saint Denis ontvangen door een familie die vanaf het begin volledig onder het bevel van Marcel leek te staan. Het ging over een jong stel dat bij hun schoonzus woonde, een mooie blonde genaamd Paule.

Ze bleven daar twaalf dagen.

Marcel was het grootste deel van de dag buiten. Herenigd met de leden van zijn peloton, vooral Sam Blue en Horace Colton, bracht sergeant Shaw vele uren door met geanimeerd praten, of werd afgeleid door kaarten of schaken, aangezien het volkomen onmogelijk was om het huis te verlaten, althans voorlopig.

Ed Cooper van zijn kant had zich vrijwillig van zijn vrienden afgescheiden en had het grootste deel van de dag doorgebracht in het gezelschap van Claude en de andere mannen die erin waren geslaagd uit Duitsland te ontsnappen. Adams realiseerde zich al snel dat Ed een net zo fanatieke communist werd als de rest van de mensen in huis. 'S Nachts, toen ze elkaar ontmoetten in de schuur, waar de blonde Paule hun eten bracht, stonden Coopers ogen helder, waren zijn wangen rood en praatte hij non-stop, in een poging zijn andere pelotonkameraden te overtuigen.

Hij sprak met zo'n hartstocht dat Adams onder de indruk was en hem enorm pijn deed dat de jongeman was meegesleept door ideeën die hij zelf niet helemaal begreep. Aan de andere kant waren ze verre van tevreden met hem en het feit is dat er in zijn hart geen plaats was om mannen als louter nummers te beschouwen, laat staan om ze bloot te stellen aan een dictatuur, zij het zwart, zoals degene die domineerde Duitsland, of in het rood, zoals het in het verre Rusland was opgelegd.

'Ik begrijp je niet,' zei Ed op een avond tegen hem, terwijl ze allemaal samen aten. Ik dacht altijd dat je een man was die van vrijheid houdt...

Cooper glimlachte neerbuigend.

'En dat ben ik, sergeant Shaw. Maar niet van die absurde vrijheid die tot dan toe de prijs was die we betaalden voor echte slavernij. Ben je misschien die bedrieglijke vrijheid vergeten die, bijvoorbeeld, in ons thuisland, een soort medicijn is dat ze ons geven om ons in slaap te brengen en ons te maken wat ze willen?

'Ik ben het niet met je eens, Kuiper. Het is zeer waarschijnlijk dat hij net als jij denkt over bepaalde vormen van misbruik van de machtigen. Maar je kunt niet ontkennen dat vrijheid het mooiste is dat er is. En vertel me niet dat er verschillende soorten vrijheden zijn. Er is slechts een. De rest is...

"U vergist zich heel erg, meneer," antwoordde de jonge man met glanzende ogen. Er kan geen gezonde vrijheid zijn zolang er sociale verschillen zijn. En dat is wat we de komende tijd willen bereiken. Laat u niet misleiden, sergeant. Deze oorlog heeft niet dezelfde betekenis als de vorige en het is gelukkig de eerste die op onbetwistbare wijze het recht van de meesten zal doen toenemen. Ik kan met je verwedden wat ik wil dat er ingrijpende wijzigingen zullen zijn als dit allemaal voorbij is. En mannen zullen beseffen dat er geen plaats kan zijn voor de slavernij van de moderne wereld ...

"Denk je dat het bestaat?

"Natuurlijk. Een slavernij, zoals ik al eerder heb gezegd, vermomd als Vrijheid. De ergste slavernij: de economische. En terwijl velen worden gedwongen te betalen voor een valse vrijheid, moet de prijs van een leven van werken, slecht betaald, leven in onbeschrijfelijke omstandigheden, een kleine meerderheid wordt niet moe van het herhalen van die schapen die leven in een gelukkige, beschaafde wereld, vol beloften en waar individuele vrijheid voor altijd is gegarandeerd.

'Ik ben het nog steeds niet met je eens, jongen. Omdat ik er altijd de voorkeur aan zal geven om voor een man te werken, hem te laten zien dat ik het goed doe, de nodige verbeteringen van hem te krijgen, een slaaf te zijn van een almachtige staat, mezelf gedwongen te zien te doen wat mij niet kan behagen, voorop van mij een treurig bestaan waarin misleidende woorden mij overtuigen of in ieder geval proberen dat ik werk voor het algemeen welzijn doe.

Kuiper grijnsde.

'U zit vol vooroordelen, sergeant. Maar denk er eens over na. Als dit allemaal voorbij is, is er geen ruimte voor individualisme. Het algemeen belang gaat boven alle andere dingen. En degenen die niet voldoen aan de eis van hun enthousiasme voor gezamenlijk werk, zullen worden geëlimineerd.

"Leuke manier om vrijheid uit te drukken!

Marcels komst brak het gesprek af, wat Shaw blij maakte.

"We kunnen ons voorbereiden", zei Santais. Morgen verlaten we Parijs en gaan we richting het centrale massief. Daar wachten onze kameraden ons op.

'En de wapens? Adams durfde het te vragen.

"Dat komt later. We hebben al een plan om ze te pakken te krijgen. Maar voorlopig moeten we eerst kennismaken met de groep die ons opwacht, in het bergachtige gebied van het centrale massief. Daarnaast heb ik "en met een brede glimlach zijn tanden laten zien" de eer u mede te delen dat ik tot hoofd van die verzetsgroep ben benoemd.

Al zijn vrienden omringden zich en schudden hem hartelijk de hand.

Adams van zijn kant vroeg zich opnieuw af of hij de juiste weg had gekozen. Zijn twee onafscheidelijke, Sam Blue en Horace Colton, bleven aan zijn zijde en namen niet deel aan de jubelende vreugde die de anderen had gegrepen.

Toen hij klaar was met het schudden van de handen die hem hartelijk werden toegestoken, liep Marcel naar de Brit toe.

"Ik wil met je praten, alleen...

"Wanneer je maar wilt,

"Kom onder.

Ze verlieten de schuur en gingen naar de kamer op de eerste verdieping waar de eetkamer was geïnstalleerd van de familie die hen had verwelkomd. Zittend voor koffiekopjes staken de twee mannen een sigaret op en toen, na een lange pauze, zei Marcel...

'Ik reken veel op je, Adams. Jij hebt iets dat ik mis.

"Waar heb je het over?

"Je bent een militair van top tot teen. En dat is wat ik nodig heb.

"Waarvoor?

'Om de wapens te grijpen. Denk niet dat het makkelijk gaat worden.

"Zijn er veel Duitsers in die regio?

"Genoeg. Bovendien is dat niet het primaire probleem. Wapens verplaatsen van Poitiers naar de buitenwijken van Clermond Ferrand kan niet zonder vrachtwagens. En we hebben er niet één.

'We kunnen er een paar pakken.

"Dat is precies mijn plan. Maar ik heb een team nodig van gedisciplineerde mannen en vooral gewend aan dat soort handslagen. Heb je het volste vertrouwen in je drie soldaten?

"Compleet; dat wil zeggen, in twee van hen ...

'Is er een nieuwe verrader? Marcel schrok.

"Nee, dat bedoel ik niet. Maar Ed Cooper lijkt meer een deel van jouw groep dan de mijne.

Santais lachte.

'Hij is een heel slimme jongen, die Cooper,' zei hij. Hij zal een uitstekende theoreticus zijn. En we hebben het ook nodig. Er zijn veel mannen in de verzetsgroep waartoe we zijn bestemd, die lessen in het marxisme nodig hebben. Weet je dat Cooper me veel boeken heeft gevraagd om te illustreren?

"Het was gemakkelijk te voorzien.

"Het wordt een toproerder. Ik had het geluk je in het veld te ontmoeten.

'Ja, natuurlijk. En over het veld gesproken, wat gebeurde er met degenen die daar bleven?

Marcel haalde zijn schouders op.

"Heb je scrupules?

'Dat is het niet, Marcel. Maar we hadden ze mee moeten nemen, in ieder geval degenen die in de gieterij werkten.

'Nou, je weet dat dat onmogelijk was. We konden niet kiezen. Trouwens, je kent nog geen mannen, mijn vriend. Er zijn er velen die niet de minste inspanning verdienen. Ze zouden dan een nutteloos gewicht zijn geworden dat we hier hadden moeten dragen. Nee, vergeet het helemaal.

"Ik probeer.

'We hebben een formidabele klus voor de boeg, Adams. En ik weet dat je intensief met hem zult samenwerken, aan mijn zijde. We moeten van de verzetsgroep de eerste maken, de brutaalste, de meest vastberaden. Er zijn dingen die ik je nog niet kan uitleggen, maar dan zul je ze beetje bij beetje begrijpen. Ik ben geen man die plannen maakt voor morgen, maar voor veel later, voor de toekomst. Het lot van Frankrijk en zijn proletariaat zal voor een groot deel afhangen van de kracht die we hebben bereikt als de oorlog voorbij is.

'Ik wil niet betrokken raken bij politieke plannen, Marcel. Vergeet niet dat ik in een bevriend land ben, maar een vreemd land.

"Zo moet je niet denken. De hele wereld is ons land. Maar het zijn dingen die je zult leren als gebeurtenissen je naar het pad van de waarheid leiden. Nu maakt het niet uit hoe je denkt. Ben je vastbesloten om ons te helpen?

"Ik ben vastbesloten om op elk terrein tegen de Duitsers te vechten.

"Maakt niet uit. Morgenavond komen we hier weg. Het zal niet moeilijk zijn om te komen waar ze op ons wachten, hoewel we onze ogen wijd moeten openen. Eenmaal daar zullen jij en ik zorgvuldig de zijn van plan om op zoek te gaan naar de munitie en wapens die van onze groep de meest verschrikkelijke vijand van de nazi's zullen maken.Samen met u, met uw militaire kennis, zullen we handslagen voorbereiden en we zullen die binnenvallende honden geen moment met rust laten Al zullen we ook andere dingen moeten doen...

Hij zei niet meer.

Adams bleef proberen "in gedachten" te antwoorden op de honderden vragen die zijn eigen geweten hem stelde. Maar hij kreeg er genoeg van en voelde zich tegelijkertijd meegesleept door het enthousiasme van Marcel, die hem zijn toekomstplannen uitlegde. Had hij dat niet gewild? Wilde hij niet doorgaan met het bestrijden van de vijand en, wat het ook was, de pijn uitschakelen van de herinneringen die van tijd tot tijd in zijn pijnlijke brein braken?

Het beste wat hij kon doen, was zichzelf met lichaam en ziel geven voor de missie die het lot leek te hebben aangewezen. Weer vechten was je geest vierentwintig uur per dag bezig houden. Het was vooral dat vergeten, en tegelijkertijd wraak nemen op degenen die hij had zien vallen tijdens de slag, op weg naar Duinkerken. Laat de tegenstander zijn hoofd bulgen, het gewicht van wraak voelend, hem die trotse en ondraaglijke houding laten vergeten die hij sinds de overwinning van 1940 had ingenomen.

Hij keek Marcel openhartig aan.

'Ik ben bij je, mijn vriend. Ik zal doen wat nodig is om de geallieerden bij te staan in de uiteindelijke triomf.

"Ik had niets anders van je verwacht" glimlachte de ander. Ik heb je op een dag al verteld dat ik niet verkeerd was als ik naar mannen keek. Tot nu toe hebben we niet meer dan triomfen behaald en dat zal vanaf nu ook zo zijn. Binnenkort zal de groep "Marcel" in heel Frankrijk te horen zijn. En als ze dat woord horen, zullen de Duitse varkens beven van angst omdat ze niet zullen weten wanneer we op hen zullen vallen, waardoor ze laten zien dat ze niet, verre van dat, de eigenaren zijn van dit land dat ze hebben geschonden, het binnenvallen.

HOOFDSTUK VIII

Ze verlieten Parijs tijdens de nacht.

Een man was gekomen om hen naar de bergen te leiden, en nadat ze de stad hadden doorkruist, verspreid in groepen van twee, in een poging om die straten te nemen waardoor het onwaarschijnlijk was dat ze Duitse patrouilles zouden tegenkomen, verlieten ze de Franse hoofdstad definitief en klommen toen naar een visvrachtwagen die hen naar Orleans bracht.

Voordat ze deze stad bereikten, stapten ze uit het voertuig en staken de rivier over bij een doorwaadbare plaats, zo'n acht kilometer ten oosten van de stad. Toen vonden ze de vrachtwagen weer ten zuiden van de stad en vervolgden hun reis.

Adams had met verbazing opgemerkt dat de mooie blondine uit het huis van Saint Denis, Paule, hen vergezelde. De reis was echter vermoeiend genoeg voor hen om te profiteren van de momenten dat ze in de vrachtwagen zaten en ze allemaal sliepen, wensend dat ze eindelijk in de bergen van het centrale massief waren.

De volgende dag bij zonsopgang stopte de vrachtwagen in een bergachtig, ruig en oerwoudgebied. Ze verlieten het en volgden altijd de gids die hen voorging, en namen een pad dat snel slingerde en steeg. Al snel verloren ze de weg uit het oog en bevonden ze zich midden in een bos van onvolgroeide en verwrongen bomen, hun stammen vol vreemde eeltplekken, als monsterlijke tumoren.

Het pad werd steeds moeilijker en uiteindelijk moesten ze op handen en voeten lopen, kliffen beklimmen die langs diepe afgronden liepen. Eindelijk, al diep in het wildste deel van de bergen, werden ze tegengehouden door twee mannen, gewapend met geweren, die de gids de hand schudden en hem voorgingen, hem naar een soort kleine vlakte leidend, aan één kant door een rotsachtige muur waarin enkele kleine grotten waren uitgegraven.

Ze waren in het "maquis" kamp.

Het eerste wat Shaw zag, voorafgaand aan een groep gewapende mannen, was een vreemd wezen, met een enorme bult op zijn rug en een onaangenaam gezicht. Hij was mager, met onvolgroeide benen en een schedel van hetzelfde type. Het gebogen voorhoofd had een soort donkere lijn aan de onderkant die de behaarde en vreselijk borstelige wenkbrauwen vormde. De neus was plat en de ogen puilden uit. Onder de eerste scheidden de lippen, dik en sensueel, om beschadigde en gelige tanden te onthullen.

Marcel schudde de man de hand en zei toen, zich tot de Engelsman wendend:

'Dit is mijn luitenant. Je kunt hem 'Tordu' noemen. U zult niet beledigd zijn, dat verzeker ik u. Trouwens, 'voegde hij er glimlachend aan toe', ik denk niet dat iemand hem onder een andere naam kent. Is niet waar?

De misvormde knikte.

Daaruit bleek duidelijk dat de denigrerende naam hem helemaal niets deed. Misschien gedreven door een soort vuil instinct voor zelfbestraffing, was hij zelfs blij toen iedereen hem kende en hem 'Tordu' noemde.

'Heb je gedaan wat ik je opdroeg? Vroeg Marcel toen.

'Natuurlijk. Wil je dat we ze zien?

"Waarom niet? "En weer naar de Engelsen gaand, zei hij": Kom met ons mee, Marcel. Er is iets dat ik je wil leren.

Terwijl de rest van de mannen zich verbroederde met de nieuwkomers, begonnen Marcel, de gebochelde en Shaw weg te lopen van het kamp. Dit kleine plateau was bijna volledig geïsoleerd van de rest van de bergformaties die het volledig omringden. Het was een soort adelaarsnest, en Adams, zoals altijd gedreven door zijn militaire geest, zei dat de tegenstanders precies de ideale plek hadden gekozen, aangezien de verdediging van dit kleine plateau eenvoudig genoeg was.

Toen ze de rand naderden, volgden ze een pad dat afdaalde naar een van de valleien die die kleine vlakte omringden. In werkelijkheid was het een terras, gevormd door een snee in de berg, waarbij de verhoging achterbleef waar de gaten waren gemaakt om ze in grotten te veranderen. Al de rest waren kliffen en kloven, gevaarlijk omzoomd door puntige rotsen van ongetwijfeld vulkanische formatie.

Ze vervolgden het pad tot ze de bodem van het ravijn bereikten en eenmaal daar draaide de gebochelde naar rechts en leidde hen naar een kleine open plek, bijna volledig bedekt met weelderige vegetatie, vol met doornen. Zich tot Marcel wendend, zei hij, zijn arm uitstrekkend:

'Daar heb je ze, kameraad.

Adams Shaw volgde de richting die door de "Tordu" was aangegeven en kon niet anders dan huiveren.

Wat Marcel hem wilde laten zien, was niet mooi.

Er waren, op de grond, bedekt met vliegen en opgedroogd bloed, vier mannen, hun lichamen duidelijk doorboord door een groot aantal kogels. Zonder ook maar de geringste emotie te tonen, naderde Marcel, gevolgd door de gebochelde, tot hij stopte voor de onbeweeglijke lichamen die op de gelige aarde lagen.

"Zelfs de varkens! Hij brulde. Toen veranderde hij de toon van zijn stem en vroeg: 'Wat zeiden ze?

"Any! Ze waren half dood van funk ... Als je ze had gezien, smeek dan om ze niet te laden!

Marcel glimlachte fel.

Adams kon zichzelf niet bedwingen, stapte naar voren en vroeg naar de lijken:

Wie waren zij?

Marcel draaide zich naar hem om.

'De voormalige leiders van de groep, mijn vriend,' zei hij, nog steeds glimlachend.

"Hebben ze iets fout gedaan?

"Het ergste wat een man kan doen die tegen het fascisme vecht. Ze hebben de toegewezen missie niet vervuld. We hadden hen bevolen naar Saint Jacques te gaan, een stadje aan de kant van de weg. Ze hadden een bevel om de ingewanden van de burgemeester van die stad met lood te vullen. En dat deden ze niet. Ze zeiden dat ze geen Fransen wilden vermoorden.

En die burgemeester?

Marcel spuugde op de grond, met zichtbare woede.

"Die burgemeester is een van de meest walgelijke collaborateurs in de regio! Een man die zichzelf aan de Duitsers heeft verkocht. Je zult het begrijpen, Marcel. Tot voor kort hadden de mensen van Saint Jacques, evenals de mensen van de andere stad, die Villesud heet, ook aan de weg gelegen, ons geholpen door ons voedsel te geven zodat we het in de bergen konden volhouden. Maar de burgemeester van Saint Jacques weigerde botweg om ons te helpen en meldde de zaak aan het Duitse stadsbestuur. Twee van onze mannen vielen in de val en werden gemarteld voordat ze stierven. Dus "Tordu" stuurde hen, van wie er twee de leiders waren van een fractie van de groep. Maar ze weigerden die schurk te elimineren en zie je, ze hebben ervoor betaald ...

Shaw probeerde te begrijpen wat hij zojuist had gehoord.

Aan de ene kant vertelde zijn strikte militaire gevoel hem dat ongehoorzaamheid aan een bepaald bevel gestraft moest worden. Maar aan de andere kant vond hij het niet logisch om mannen te doden wiens schuld het was geweest om te weigeren een landgenoot te vermoorden.

Alsof hij haar gedachten las, zei Marcel;

Denk er eens over na, Adams. Als iedereen hier deed wat ze wilden, zou ons werk nihil zijn. Er moet een discipline zijn. Begrijp je het niet?

"Ja ik begrijp het.

"Maar er zijn andere dingen die je beetje bij beetje zult begrijpen. Helaas hadden niet alle mannen die naar de "maquis" waren gegaan duidelijke ideeën over de verantwoordelijkheid die ze op zich namen toen ze probeerden tegen de indringer te vechten. Velen hebben het uit snobisme gedaan, anderen uit avontuur. En dat mag niet. De missie die ons hier heeft gebracht is te nijpend om iemand te laten dromen een stomme Robin of the Woods serie te worden. Het Franse volk is verwikkeld in een strijd op leven en dood en er kan geen plaats zijn voor lafaards, verraders of bangeriken.

Shaw moest de reden intern aan Marcel geven. Hij voelde zich altijd aangetrokken tot deze man die de klap voor de vlucht uit Duitsland op zo'n perfecte manier had kunnen voorbereiden. Maar niettemin vochten zijn oude democratische instincten wanhopig in hem, waardoor zijn geweten onaangename dingen tegen hem zei.

Ze verlieten die plaats en keerden terug naar het kamp.

Onmiddellijk daarna verzamelden ze zich in een van de grotten en daar zaten de gebochelde, Marcel, Claude Duvillard en de Britse sergeant.

"Wat ons nu meer dan wat dan ook interesseert," zei Marcel, "is om de staatsgreep voor te bereiden om zoveel mogelijk wapens en munitie in beslag te nemen uit het magazijn waarover ik je heb verteld. We hebben al gezegd dat de moeilijkheid precies is dat we in ieder geval een paar vrachtwagens.

De « Tordu » kwam tussenbeide:

'Daarom hoef je je geen zorgen te maken, Marcel.

"Heb je enig idee? Vroeg dit.

"Er is een Duits mobiel park rond Saint Jacques. Sommigen van ons hebben daar vier gloednieuwe vrachtwagens gezien. Aan de andere kant is het Duitse garnizoen niet erg groot: zes man en een sergeant.

Marcel glimlachte.

"Dat past bij ons. Maar ik wil dat de organisatie van deze missie volledig wordt uitgevoerd door onze vriend Shaw. Omdat we plannen hebben voor de regio en ik perfect het pad ken dat ons naar het munitiedepot zal leiden, gaan we, als je denkt van wel "en hij keek naar de Britten", alle details van dit plan bestuderen. Uiteraard ben jij de baas.

Ze praatten lang, bestudeerden de kaarten die Marcel uit zijn zak had gehaald en bestudeerden zorgvuldig het project om van de groep verzetsmensen de best bewapende van heel Frankrijk te maken.

Toen de avond viel en na in de grot te hebben gegeten, ging Adams Shaw een wandeling maken, verbaasd om de "maquis" te zien die, zittend op de grond, aandachtig luisterde naar het gemakkelijke woord van Ed Cooper, wiens bedoelingen zo ver gingen als de Britse sergeant, die hem oprechte verbazing bezorgde.

Ik had nooit gedacht dat Cooper zo snel marxistische theorieën zou kunnen verwerken. De waarheid is dat hij sprak als een boek en dingen aanhaalde die Shaw moeilijk kon begrijpen. Hij hoorde de voetstappen van Marcel niet naderen en toen de gigantische Fransman aan zijn zijde stond, zei hij glimlachend:

'Zie je, Adams. Uw voormalige soldaat Ed Cooper is niets minder geworden dan onze beste politieke commissaris.

Shaw knikte en liep weg, naar de rand van het plateau. Hij wilde alleen zijn en nadenken. Maar toen hij op de grond ging zitten, onder de met sterren bezaaide hemel, duwde hij alle huidige zorgen weg uit zijn verbeelding, en opnieuw, hulpeloos, projecteerde hij zijn geest in het verleden, alsof hij op elk moment moest terugkeren . om te bloeden voor die wonden die een gewone vrouw in zijn hart had geopend.

Twee nachten later verliet de groep gevormd door sergeant Shaw, Sam Blue, Horace Colton en Marcel Santais het kamp, richting de vallei die hen naar de buurt van het stadje Saint Jacques zou leiden.

Ze waren allemaal bewapend met machinepistolen, hadden een pistool aan hun riem en een paar granaten hingen op dezelfde plek. Marcel leidde de anderen en nam de meest directe route om bij de weg te komen. Daar aangekomen bewogen ze zich stil langs de sloot, zich bewust van alle geluiden die hen bereikten. Beetje bij beetje naderden ze de stad, strompelend eerder, zoals ze hadden verwacht, met het mobiele park dat de Duitsers daar hadden geïnstalleerd, in een enorm landhuis dat ongeveer twintig meter van de weg lag, ermee verbonden door een onverharde weg.

Terwijl ze in de goot lagen, onderzochten ze zorgvuldig het huis en ontdekten bijna onmiddellijk de schildwacht die eindeloos voor de poort ijsbeerde. Een primitieve hangar, bedekt met riet, besloeg het linkerdeel van het huis en daaronder waren de groenachtige structuren van de vier vrachtwagens te zien.

Marcel dempte zijn stem en zei tegen de sergeant:

'Nu is het jouw beurt, Adams. Wat is je plan?

'Ik ga persoonlijk voor de schildwacht zorgen,' antwoordde Shaw. Zodra hij het heeft uitgeschakeld, gaan we allemaal naar binnen en maken de rest van de Duitsers af. Alleen door het hele garnizoen uit te schakelen, kunnen we de vrachtwagens in beweging krijgen en tegelijkertijd profiteren van de nazi-uniformen en documentatie voor het geval we iemand op de weg tegenkomen.

“Is het je opgevallen dat als het alarm afgaat, ze ons overal zullen zoeken?

“Daar heb ik op gerekend. Maar als we eenmaal bij het munitiedepot zijn, waar we over een paar uur zullen aankomen zoals je hebt berekend, zal het helemaal niet moeilijk zijn om het kenteken van de vrachtwagens te veranderen en zo op de terugweg terug te kunnen gaan onopgemerkt. Daarnaast heb je ook gezegd dat we een zijweg zouden nemen om een punt te bereiken waar de groep zou wachten tot we alles zouden regelen wat we hebben geladen. Is het niet zo?

'Inderdaad. Ik hou van je plan. Je kunt beginnen wanneer je maar wilt.

Adams Shaw stapte uit de goot en kroop langzaam naar de schildwacht.

Het was alsof hij weer in de frontlinie stond, en alle herinneringen schoten zijn brein binnen, abrupt. Hij was de bijzondere omstandigheden die hem daar hadden volledig vergeten en zag zichzelf terug in de tijd worden teruggevoerd, zoals toen hij op patrouille ging, wetende dat hij werd beschermd door zijn mannen en zeker van zichzelf, zoals elke man die een plicht vervult waartegen hij denkt dat hij verplicht is.

De schildwacht marcheerde van de ene naar de andere kant, zich totaal niet bewust van het gevaar dat hem naderde. Shaw was een meester in de kunst van het naderen en bewoog zich voorzichtig voort, terwijl hij het silhouet van de Duitser in de gaten hield, wiens bajonet af en toe glom als hij zich scherp omdraaide nadat zijn wandeling voorbij was.

Toen hij dicht genoeg bij de Duitser was, ging hij rechtop zitten en maakte zich klaar om te springen. Hij had het machinepistool met beide handen vastgepakt en was van plan zijn tegenstander een laatste slag toe te brengen die hem buiten werking zou stellen, met zo min mogelijk lawaai. Maar de stilte die in het huis heerste was veelbetekenend en toonde duidelijk aan dat de rest van het garnizoen een diepe slaap genoot.

Uit een diepe en eeuwige slaap waaruit hij nooit meer zou ontwaken.

Hij sprong, precies, een pad af dat hij van tevoren had voorzien.

Hij hief zijn linkerarm lichtjes op en zorgde ervoor dat het machinepistool een halve cirkel maakte en zijn metalen kolf brutaal in het gezicht van de Duitser neerstortte.

Hij hapte naar adem, sloeg toen plotseling dubbel en landde zwaar op de grond. De helm was van zijn hoofd gevallen en Shaw, zich bewust van het gevaar dat hij weer bij bewustzijn zou komen, hief het machinepistool weer op en sloeg brutaal op de schedel van de ongelukkige.

Er klonk het droge geluid van brekende botten en een postume huivering ging door het lichaam van de Duitser.

Toen bevroor hij.

Toen hij naar de poort liep, hoorde Adams perfect de voetstappen van zijn metgezellen die snel naderden. De deur was niet gesloten en ze duwden er voorzichtig op, ervoor zorgdend dat de scharnieren zo min mogelijk kreunden. Binnen was een soort brede patio met rechts een verlaten kar en wat landbouwwerktuigen die al verroest waren, waaruit bleek dat de eigenaren van het huis het al lang hadden verlaten.

Het was niet moeilijk voor hen om zich te oriënteren en een trap te vinden die naar de bovenverdieping leidde. Ze beklommen het, wapens in de aanslag, stapten voorzichtig op de randen van elke trede en zorgden ervoor dat het hout niet kreunde onder het gewicht van hun lichaam. Eenmaal boven kwamen ze in een gang terecht, met deuren aan beide kanten, allemaal op een kier en sommigen lieten het karakteristieke geluid horen van de normale ademhaling van een in slaap zijnde persoon.

Terwijl hij zijn mannen uitdeelde, ging Shaw een van de kamers binnen waar twee Duitsers sliepen. Hij handelde op dezelfde manier als hij tegen de schildwacht had gebruikt, sloeg op de schedels van zijn tegenstanders en ging toen naar buiten om te verifiëren dat de anderen hetzelfde hadden gedaan met degenen die in de aangrenzende kamers sliepen. De dood was stil en stil in het huis gekomen, dat nog steeds verzonken leek in een vrede die in werkelijkheid voor de bewoners van het moment definitief en eeuwig was.

Ze verlieten het gebouw en gingen vervolgens naar de garage waar ze de status van de vrachtwagens controleerden. Ze kozen er twee uit, die ze zorgvuldig doorliepen en de tanks vulden met de benzineblikken die er waren. Daarna gingen ze terug naar het gebouw en, nu ze zichzelf de luxe gunden om het licht aan te doen, kozen ze de uniformen die het beste bij hen pasten. Het moeilijkste was om er een te vinden die paste in de kolossale afmetingen van Marcel Santais, die uiteindelijk de grootste kreeg, hoewel de manchetten van de krijger niet veel lager kwamen dan de elleboog.

Glimlachend zei hij:

'Ik zal me in een van de vrachtwagens verstoppen. Ik denk niet dat iemand overtuigd zou zijn als ik je zou vertellen dat deze kleren zijn gekrompen als ik ze was.

Sam Blauw glimlachte.

Kort daarna kwamen de twee voertuigen aan de start. Zoals Marcel had verzekerd, konden ze een secundaire weg nemen, vijf mijl boven de Duitse post die ze net hadden aangevallen, linksaf en een gebied binnenrijden waar het zichtbaar onwaarschijnlijk was dat ze vijandige patrouilles zouden tegenkomen.

Het kostte hen niet meer dan twee uur om de afstand af te leggen die hen scheidde van dat kleine vergeten station waar Marcel zoveel maanden geleden het Franse garnizoen had afgemaakt, zodat het geheim van het munitiedepot voor niemand bekend zou zijn.

De overblijfselen van de kazerne die hij had verbrand waren nog steeds zichtbaar, maar toen hij uit de vrachtwagen stapte en naar de ingang rende die met dynamiet was opgeblazen, brulde hij van woede.

De anderen kwamen naar hem toe.

De ingang was schoon, open, waaruit bleek dat ze daar hadden gegraven en dat iemand daarom het geheim had ontdekt.

Met behulp van de zaklantaarns die ze bij de Duitse militaire post in beslag hadden genomen, drongen ze naar binnen om zichzelf ervan te overtuigen dat de wapens en munitie verdwenen waren.

Marcels ogen leken uit te puilen.

"Nu begrijp ik het! Hij brulde en balde zijn vuisten.

'Het feit dat? Vroeg Shaw.

'Het was die verrader van Paulus.

'De man die je opdracht gaf de ingang op te blazen?

'Ja. Ik weet dat hij stierf, maar hij was laf genoeg om het geheim te verkopen voordat hij stierf.

Wat als ze hem hebben gemarteld?

"En dan? Hij brulde weer. Een partijlid mag niet spreken, zelfs als zijn ogen zijn uitgestoken en zijn vlees in stukken is gesneden.

Verdomme duizend keer! Als ik had vermoed dat hij niet zou weten hoe hij zijn tong stil moest houden „Ik zou hem hier hebben gewurgd, hem hebben verbrand naast de lijken van degenen die ik moest doden, zodat het geheim van dit pakhuis voor niemand bekend zou zijn.

"En wat gaan we nu doen?" vraag ik.

"Maak dat je wegkomt" zei Marcel. We gaan terug naar de vrachtwagens en verbranden ze, voordat we er zijn. Verdomme! We zijn terug als voorheen, met een paar machinepistolen en een handvol kogels. En we hebben nog niet eens de wapens of munitie van de Duitsers in de vloot meegenomen. Maar wie wist dat deze verrassing ons hier wachtte?

'We kunnen daar teruggaan als je wilt,' zei Shaw. Er waren een dozijn geweren en twee dozen munitie.

'Je hebt gelijk. Het is iets. Laten we gaan.

Ze stapten weer in de vrachtwagens en Marcel, die in een van hen zat, perste boos op zijn lippen en beet er soms op, tot hij bloed maakte.

Hij had er zo op gerekend dat hij van zijn groep de belangrijkste van heel Frankrijk zou maken, dat hij nu vol wrok op alles wraak wilde nemen, de brutaliteit die in hem zat wilde loslaten en de haat wilde loslaten die van iedereen opwelde. van zijn poriën. Stukje bij beetje, toen ze Saint Jacques weer naderden, schoot er een idee door zijn hoofd, waardoor zijn lippen deel uitmaakten van een wrede glimlach.

"Tenminste" dacht hij ", we zullen de nacht niet hebben verspild ..."

HOOFDSTUK IX

Het in beslag nemen van de wapens en munitie uit het door de Duitse vloot bezette huis was eenvoudig, aangezien het alarm nog niet was gegeven en dat had een logische verklaring. Het Duitse garnizoen bevond zich in Villesud, twaalf kilometer zuidelijker, en dit gemotoriseerde detachement was de enige Duitse groep in de buurt van Saint Jacques.

Toen ze de weg waren overgestoken, op weg naar de berg, stopte Marcel plotseling en zei tegen de anderen:

"Je kunt doorgaan naar het kamp. Claude zal je begeleiden. Toen, starend naar Adams, vroeg hij: 'Kun je me een van je jongens geven, Shaw?

"Natuurlijk. Wat wil je doen?

"Ik vertel het je later. Wijs degene aan die je wilt vergezellen.

"Zie jezelf, Horace", zei de Brit.

Colton overhandigde de wapens die hij bij zich had en verdeelde ze tussen Sam en de sergeant. Toen volgde ze zwijgend Marcel en ze reden allebei weg, staken de weg weer over en namen de sloot in, waarna ze in de richting van het rustige stadje Saint Jacques reden.

Het zou eerlijk gezegd moeilijk zijn geweest voor Arnaut om de gevoelens te begrijpen die zich toen nestelden in Marcels wilde hart. De waarheid is dat hij geen moment had kunnen vergeten dat het niet gelukt was de verlaten mijn leeg te vinden, waar de munitie en wapens hadden moeten zijn, vooral na de offers die het geheim houden had gekost.

Een primitieve man, maar tegelijkertijd begiftigd met een opmerkelijke natuurlijke intelligentie, honderd procent scherpzinnig, Marcel Santais kon op geen enkele manier de wraakzuchtige geest onderdrukken die zich in zijn borst nestelde.

Beladen met wrok jegens de samenleving, nadat hij het onuitsprekelijke had geleden in een gevaarlijke jeugd, in de meest ellendige buurten van de Franse hoofdstad, werd hij nu plotseling, voor het eerst in zijn leven, tot iets belangrijks bekeerd. En de verantwoordelijkheid van zijn functie leek hem de noodzaak op te leggen om aan anderen zijn bekwaamheid en zijn gebrek aan genade te tonen jegens degenen die hij als vijanden beschouwde. Hij versnelde zijn pas, gevolgd door Horace, die zijn machinepistool op zijn rug droeg. Tijdens de reis zei hij geen woord en toen ze de ingang van het dorp bereikten, stak hij een hand op om aan te geven dat ze moesten stoppen.

"Neem het machinepistool in je hand, jongen", waarschuwde hij.

Horace Colton wel.

"Gaan we ver? Hij durfde te vragen.

"Nee" antwoordde de ander. We zijn al heel dichtbij. Volg mij en vrees niets. Hier in Saint Jacques zijn geen Duitsers.

Arnaut knikte met zijn hoofd en volgde Marcel, die door een smalle, stille straat met een sterke mestgeur was begonnen te lopen, wat het bestaan van stallen in bijna elk huis aan de voorkant van de straat aantoonde. wat gebeurde er. De straat was slecht geplaveid en Arnaut had moeite met lopen, in zijn laarzen, vanwege de ronde, gladde randen die zijn metgezel daarentegen volledig leek te domineren.

Ze liepen ongeveer honderd meter en stopten toen bij een kleine deur die naar een vrij hoge muur leidde. Ernaast werkte Marcel met het mes totdat hij erin slaagde het oude, beschimmelde slot te kraken dat meer een symbool dan een teken van veiligheid was.

'Kom op,' zei hij fluisterend.

De tuin waar ze doorheen liepen was breed en Arnaut rook de vrucht die aan de bomen moest hebben gehangen, waarvan de hoge vormen hen omringden.

De grond was bedekt met een laag zachte aarde waar het een genot was om op te lopen. Toen ze de achterkant van het huis hadden bereikt, herhaalde Marcel dezelfde manoeuvres die hij eerder bij het tuinhek had gedaan. Hij leek een buitengewoon vermogen te hebben om over sloten te springen, en even later stopte hij het mes weg en wendde zich toen tot Horace.

"Probeer nu zo min mogelijk lawaai te maken, jongen," zei hij met zachte stem. "Sla jezelf en mij en ga niet te ver uit elkaar. Ik zal je leiden. Begrepen?

"Ja", antwoordde de Brit.

Om nog dichter bij de man voor hem te komen, strekte Colton zijn hand uit en greep Marcels krijger vast. Op deze manier rukten ze allebei op in volledige duisternis. Maar blijkbaar kende de Fransman perfect de topografie van die plaatsen, omdat hij niet één keer struikelde en heel gemakkelijk de trap vond, waarmee ze naar de bovenverdieping begonnen te klimmen.

Volledige stilte heerste in het huis.

Terwijl hij Marcel op de voet volgde, van wie hij zich had losgemaakt toen hij de trap opliep, vroeg Colton zich af wat ze daar gingen doen en wie de bewoners van dat huis waren. Maar hij had niet veel tijd om na te denken, en toen ze elkaar ontmoetten op de overloop op de eerste verdieping, ging Marcel naar rechts, op zijn tenen vooruit, met een huiveringwekkende zelfverzekerdheid. Colton volgde hem en even later stopten ze voor een deur die, in tegenstelling tot de vorige twee, niet op slot was.

Santais' hand bewoog, tastend, langs de muur tot hij de schakelaar vond. Het felle licht dwong Arnaut om zijn ogen te sluiten, hoewel hij ze snel opende en nieuwsgierig de kamer bekeek waarin hij stond.

Het was een ouderwetse, klassiek Franse, extra grote slaapkamer met een enorme kledingkast aan de ene kant, een tafel in het midden, omringd door enkele stoelen en een paar fauteuils bedekt met een bloemrijke stof, en onderaan een huwelijksbed in waarin twee mensen sliepen.

Terwijl hij zijn aandacht op die twee mensen richtte, voelde Arnaut zich ongemakkelijk, ongemakkelijk, alsof het betreden van de echtelijke kamer een soort overtreding vormde, een absoluut laakbare daad. Zo bleven ze een paar ogenblikken, Marcel liep met een ironische glimlach om zijn lippen voorzichtig naar het bed waar de man en vrouw nog steeds vredig sliepen, zich niet bewust van de onaangename verrassing die hen te wachten stond.

Marcel draaide zich om het bed, naderde de plaats waar de man sliep en verscheen toen, als bij toverslag, een mes in zijn hand. Arnaut kon een huivering niet bedwingen, hoewel iets hem vertelde dat zijn partner niet gewelddadig zou optreden tegen de persoon met wie hij steeds dichterbij kwam.

Inderdaad, Marcel schudde de slaper alleen door het mes dicht genoeg bij het gezicht van de ander te houden om aan te geven dat elk alarm hem gewoon fataal zou zijn.

De man gromde een paar keer voordat hij zijn ogen opendeed. Toen worstelde hij een beetje met het levendige licht in de kamer, en tenslotte viel zijn oog op het mes om de mouw van de arm te zien die het vasthield en, ten slotte, om op een onevenredige manier open te gaan toen hij naar het gezicht van de man keek. die naast hem stond. bed.

Op dat moment werd de vrouw wakker.

Bang ging ze op het bed zitten en legde haar handen op haar borst om het toch al strakke blauwe shirt dat ze droeg te sluiten. Ze was een ruwe vrouw, onbeschoft, dik en zonder enige vorm van schoonheid. Ze opende haar mond, alsof ze wilde schreeuwen. Maar Marcel bracht toen het mes naar de keel van de man en de vrouw begreep gemakkelijk wat dat gebaar betekende.

'Verrast, hè?' vroeg Marcel.

De man had ook op het bed gezeten en beefde zodanig dat hij medelijden kreeg. Arnaut werd steeds zelfbewuster en vroeg zich angstig af wat de onmiddellijke toekomstige gebeurtenissen zouden zijn. Hij keek naar de vrouw en schaamde zich dat hij haar in bed had betrapt, naast haar man. Daarom draaide hij liever zijn hoofd om zijn aandacht op de twee mannen te vestigen.

'Wat wil je...? stamelde de man.

Hij moet al vijftig jaar zijn en zijn haar was wit, hoewel kort en geschoren, met enkele zwarte vlekken die vreemde eilanden in zijn albe vormden. Hij was net zo dik of misschien wel meer dan zijn vrouw, en zijn slappe vlees bewoog nu onder impuls van de trillingen die door zijn lichaam gingen.

'En je hebt nog steeds het lef om me te vragen wat ik wil? "Gelach Marcel". Je hield van de show van onze twee dode kameraden, toch?

De man worstelde wanhopig om met zijn lippen de woorden uit te spreken die hij zeker wilde zeggen. Hij begreep het eindelijk en zei:

'Het was niet mijn schuld, meneer. Het waren de Duitsers.

'Maar je hebt ze aangegeven, hond. Je hebt twee van mijn beste jongens vermoord.

'Ik zweer dat het niet mijn schuld was! "Smeedde de man, wiens gezicht een beetje kleur had gekregen, hoewel de bleekheid nog steeds kadaver was.

Toen kwam de vrouw tussenbeide.

'Mijn man spreekt de waarheid, dat zweer ik. We waren niet verantwoordelijk voor wat er gebeurde. Het waren de Duitsers...

Marcel leek op een diepmenselijke manier te reageren. Hij hield het mes weg, maar glimlachte nog steeds, en zei:

'Het geeft niet. Ik geloof je. Nu heb ik je vrouw nodig om genoeg eten te bereiden voor deze vriend en ik om voorraden naar het kamp te brengen. Begrepen?

Het was de vrouw die antwoordde:

"Natuurlijk meneer. Nu ga ik het klaarmaken.

"Het ga je goed" lachte Marcel. Maar als je niet het beste dat je hebt in de voorraadkast stopt, zal je man een heel slechte tijd hebben.

"Maak je geen zorgen, meneer," haastte ze zich om te zeggen, terwijl ze uit bed sprong en zich haastte om een kleurrijk gewaad aan te trekken dat haar nog belachelijker en dikker maakte dan ze was ". Ik zal het beste nemen dat we hebben. Daar zijn nog steeds een paar hammen, veel spek, worst en chorizo, kaas... daar houdt u van, nietwaar meneer?

"Ja, ik vind het heel leuk. Kom op, schiet op. "Toen wendde hij zich tot de Britten." Jij begeleidt haar, Horace. En verlies het niet uit het oog. Vergeet niet dat de dochter in een aangrenzende kamer moet slapen.

"Alice wil niet wakker worden" kwam de echtgenoot tussenbeide.

Arnaut volgde de vrouw toen naar buiten, meer zelfbewust dan ooit. Hij hield niet van deze manier van voedsel kopen en verstond niet veel van wat Marcel had gesproken, aangezien zijn Frans vrij elementair was. Toch walgde het van hem om de angst zo geschilderd te zien op de gezichten van mensen die tenslotte niemand veel kwaad hadden moeten doen.

Ze waren net de gang ingelopen toen er een deur openging, naast de kamer die ze even daarvoor hadden verlaten. Een meisje van in de twintig, in een nogal mooie kamerjas, die de schoonheid van haar kinderlijke gezicht nog versterkte, met haar grote, wijd opengesperde blauwe ogen, verscheen voor hen en richtte haar blik, enigszins bang, op de gewapende man die hem. naar de vrouw.

"Wat is er, mam?" vraag ik.

'Het is niets, Alice. Deze vrienden van je vader zijn gekomen om wat eten voor de maquis te zoeken. Ik ga een mooi pakket voor je inpakken. Kom op, kom met me mee!

"En vader?

'Hij praat met de andere heer. Er gebeurt niets, geen paniek. Kom met ons mee.

Het meisje gehoorzaamde.

Ze wierp een blik op Arnaut en bleef dat doen, zelfs toen ze zich in de enorme keuken bevonden en haar moeder minder hielpen dan ze van haar had verwacht. Het was zo lang geleden dat Arnaut in de buurt van zo'n mooie jonge vrouw was geweest dat hij, hulpeloos, een rilling over zijn rug voelde lopen. Er was echter in zijn bedoelingen absoluut niets zondigs. Hij bekeek de vrouw als een bijzonder object en vond haar totaal anders dan Paule, die vrouw die ook mooi was maar een beetje een tomboy die bij hen in het kamp was. Wat een enorm verschil was er tussen die twee!

De angst verliet geleidelijk het gezicht van de jonge vrouw die, geanimeerd door de bewondering die ze kreeg, glimlachte en de Brit naderde.

'Wilt u geen koffie, meneer? " Ik vraag.

'Ik weet niet of we tijd zullen hebben, juffrouw...' antwoordde Horace in zijn belabberde Frans.

"Ik ga het doen. Het is een kwestie van enkele ogenblikken. Dus als je vriend naar beneden komt, nemen ze het samen.

Colton, zonder ook maar een moment stil te staan bij het meisje, dacht aan het vreemde lot dat hij van die mensen had gemaakt, wezens die in voortdurende angst waren gezonken, uit angst voor enerzijds de Duitsers en anderzijds de mannen van de bergen, zonder te weten welke kant ze op moesten gaan of welke houding ze moesten aannemen in die woeste strijd die hen volledig omhulde.

Voor een Engelsman zou oorlog zich nooit op die manier kunnen ontvouwen. Om deze reden begreep Arnaut de gevechten, de gevechten, maar niettemin was het moeilijk voor hem om die speciale stand van zaken te begrijpen die menselijke wezens angstaanjagende wezens maakte, die te midden van een onrust leefden die zo onuitsprekelijk beangstigend was dat het afschuwelijk was om je voor te stellen het.

Blijkbaar vermaakte Marcel zich met de echtgenoot van de eigenaar van het huis, aangezien het meisje genoeg tijd had om niet alleen de koffie te bereiden, maar ook om haar moeder te helpen met het vullen van die twee zakken, waarin ze het beste dat in de kast stond hadden gedaan. .

Verlegen bracht Alice de beker dichter bij waar Arnaut nog stond.

"Neem maar koffie" zei ze tegen hem, met een charmante glimlach op haar lippen ". Ik heb het vol en heel zoet gemaakt. Vind je het zo?

Horace knikte met zijn hoofd en stak zijn hand uit, greep de mok en voelde een vreemd gevoel toen zijn vingers langs de tere huid van het meisje streken. Zijn hart klopte sneller dan gewoonlijk en hij moest echt moeite doen om te voorkomen dat ze het trillen opmerkte dat zijn hand had gegrepen.

Hij nipte van de koffie, nippend met echte smaak. De twee vrouwen keken hem aan en er was een sympathie in hun ogen die het hart van de Britse soldaat nooit ophield met vreugde te vullen.

Maar toen alles zo betoverend leek dat het onmogelijk leek, een eindeloos nagestreefd ideaal, toen de dingen een onwerkelijk aspect hadden gekregen, toen het leek alsof verleden en heden, herinneringen en beelden van het moment in één keer waren samengevallen. Perfect klonk de harde stem van Marcel vanuit de deur:

" Kom op jongen!

Horace zette de mok haastig op de rand van de tafel en draaide zich om. Hij hield niet van de glimlach op de lippen van de Fransman. Hij liep erheen en wierp een blik op de zakken die de twee vrouwen hadden gevuld.

"Kom op" herhaalde hij. We hebben nog een lange weg te gaan.

Hij gooide een zak op zijn rug en werd gevolgd door Horace. Toen liep de vrouw naar Marcel toe, haar ogen smekend.

"En mijn man?

'Uw man is naar buiten gekomen om orders te geven zodat ze meer eten kunnen bereiden. Ik stuur over een paar uur meer mannen. Kom op, Horatius!

Ze verlieten het huis, staken een plein over en namen het directe pad naar de bergen. Hoewel ze snel gingen, was de stilte van de nacht zo diep dat het even later mogelijk was om een schreeuw van angst te horen die hen bereikte, door de duisternis, alsof iets onuitsprekelijks zichzelf uit elkaar scheurde.

"Wat was dat?" Zei Colton.

"Niets, ga verder.

'Wat bedoel je niet? Het klonk als de stem van het meisje.

'Ik zei dat je door moest gaan.

Toen ze de helling begonnen te beklimmen, kon Arnaut het niet helpen en draaide zich om, toen ze zagen dat er veel lichten waren aangestoken in de stad. Toen hij het gebaar van zijn partner zag, glimlachte Marcel en zei:

"Ze zullen het al weten.

"Het feit dat?

"Burgemeester.

'Was het de man in het bed?

'Ja. Het varken zelf hekelde de Duitsers die deze kant op kwamen en ze doodden twee van onze mannen.

'Wat heb je met hem gedaan?' vroeg Horace, terwijl hij voelde dat er iets in hem scheurde.

"Niets speciaals. Ik heb hem opgehangen op het stadsplein.

Colton moest op zijn lip bijten.

En hij voelde de pijn niet, zelfs niet de smaak van het bloed dat zijn mond overstroomde.

* * *

Majoor Shelton wees de kaart naar de kolonel.

'Het moet hier in de buurt zijn, meneer,' zei hij.

Kolonel Freedman observeerde zorgvuldig de contourlijnen, die elkaar ontmoetten, elkaar bijna ontmoetten, en zo de topografische structuur van het terrein demonstreerden.

'Het is natuurlijk,' zei hij na een pauze. Deze plek is uitstekend geschikt voor maquis.

'We hebben geen echt rapport, meneer. Maar we zullen het risico moeten nemen.

'Natuurlijk. Hoe dan ook, waarom zou je niet op klaarlichte dag een vlucht nemen? Als ze hem zagen, zouden ze een signaal geven en zo zouden we de precieze plaats weten waar we later de lanceringen zouden maken.

'Het is een geweldig idee, meneer.

"Wil je morgen uit?

'Natuurlijk, mijn kolonel. Ik wil ook liever de exacte site weten. Later, tijdens de nacht, wanneer we lanceren, zullen we niet zoveel beveiliging hebben als overdag.

"Natuurlijk.

"Ik zal mijn vliegtuig voorbereiden en morgen, in de vroege uurtjes, over dat gebied van het Centraal massief vliegen. Jammer dat we geen informanten hebben in die regio!

"Het maakt niet uit. Als er, zoals we denken, een belangrijke groep resistente mensen in dat gebied is, zullen ze de kleuren van het apparaat zien en begrijpen dat we hen willen helpen. De tijd is gekomen, mijn vriend, om begin die goede patriotten te bewapenen. Als we op een dag willen landen, moeten we vrienden hebben in het binnenland van bezet Frankrijk. En dat zijn er veel. U weet dat we in Nederland en België in contact staan met belangrijke groepen die help ons, wanneer de tijd daar is, voor een productieve samenwerking.

De voorraden die ik maanden eerder had geleverd aan de resistente kernen van Nederland en België, toonden de effectiviteit van die mannen die in de schaduw vochten zonder ooit toe te geven, erop gebrand om de Duitsers duidelijk te maken dat de dingen niet waren en niet zouden zijn zoals ze waren wenste. .

Na lang over dit alles te hebben nagedacht, begon Shelton een brief aan zijn vrouw te schrijven, waarin hij aankondigde dat hij zeer binnenkort een vergunning zou hebben en naar Londen zou kunnen gaan, om een paar dagen in haar gezelschap en in dat van de twee kinderen die hij had. huwelijk. Over het algemeen toegewijd aan observatie, kende majoor Shelton de gevaren van vijandelijke jagers, maar hij hoefde de aanhoudende actie van het Duitse luchtafweer niet te doorstaan zoals zijn metgezellen, degenen die waren toegewezen aan de bombardementen squadrons. Het was tenslotte geluk, dacht hij terwijl hij schreef, en bovendien vind ik deze baan leuker dan de andere. Als er iets is dat ik niet kan verdragen, is het het idee steden te moeten bombarderen, zonder enige precisie, wetende dat er onder de bommen onschuldige kinderen, vrouwen en mensen zullen zijn die niets verkeerd hebben gedaan in dit leven.

De volgende ochtend stapte hij op zijn observatieapparaat en kort daarna vloog het over het Engelse Kanaal, in zuidoostelijke richting en bereikte een hoogte van zevenduizend meter, een gebied waarin hij bijna volkomen kalm kon vliegen. Naast hem vormden drie mannen het tweemotorige team, dat was uitgerust met alle mogelijke vorderingen op het gebied van luchtfotografie. Maar deze keer was de missie anders en Shelton, terwijl hij het vliegtuig bestuurde, dacht aan de vreugde die het zou brengen aan die mannen die, in de bergen van Frankrijk, zich niet konden voorstellen dat iemand aan de andere kant van de zee wachtte. voor hen, enthousiast om hen op een positieve en effectieve manier te helpen.

HOOFDSTUK X

"Engels! Het is een Engels vliegtuig!

Marcel ging naar Adams, samen met de andere leden van het peloton.

Behalve Ed Cooper.

"Wat denk je, vriend? "Zei hij, zijn hand vertrouwd op haar schouder leggend." Landgenoten van u! Het is leuk u te zien!

"Het is waar..." zei hij, met een emotie die zijn keel dichtknepen ". Ik dacht niet dat ik ze ooit nog zou zien. Alsof ze niet bestonden "zei hij, na een korte pauze" ... als als ze voor altijd verdwenen waren.

" Wat zeg jij!

'Het is waar, Marcel. Er zijn dingen die definitief uit onze ziel lijken te verdwijnen. Ze waren zo ver weg! In een andere wereld, ook al zei de rede iets anders.

"Kijk! Nu parachuteren ze iets...

Inderdaad, een object had zich zojuist losgemaakt van het vliegtuig, een verblindende pijl in de stralen van de zon, die zijn val stopte toen de flikkerende bloem van de kleine parachute openging.

"Pak op! Schreeuwde Marcel.

Engeland bestaat! dacht Adams. Het is geen vaag idee van mij: het is iets waars, materieels, zichtbaars en voelbaars als een mooie vrouw...

»

Het object werd geraakt door een Fransman die vervolgens naar Marcel rende en het parachutetje op zijn staart deed vliegen, als een open zakdoek die wappert in de wind.

"Hier is het! Zei hij, terwijl hij het aan zijn baas overhandigde.

'Open', zei hij alleen maar.

'Wat staat er?' vroeg Santais.

"We willen je helpen door wapens en munitie te sturen, die we over twee nachten zullen parachutespringen. Vertel ons of u met lichtjes of kleine vreugdevuren een ring wilt markeren om de plaats van de lancering aan te geven. We zijn trots op je strijd tegen de nazi-vijand. Engeland groet de dappere strijders van het Franse verzet.

»We zullen u ook een station en een wachtwoord lanceren, zodat u informatie kunt doorgeven of ons kunt vragen wat u wilt. Steek nu een vuur aan om ons te laten weten dat je het hebt begrepen. Proost, vrienden! Lang leve Frankrijk! Leef Engeland!"

'Dat is het, zei Adams.

"Prachtig! We gaan nu het vreugdevuur aansteken. Hey allemaal!

Toen het vliegtuig de rookpluim uit de grond zag opstijgen, sloeg het zijn vleugels saluerend en dreef weg terwijl het in de hoge wolken zweefde.

"Wat een geluk! "riep Marcel uit." Je ziet dat ze ons niet vergeten, Adams. Deze Engelsen zijn echt aardige jongens.

"Het is waar.

'Je lijkt niet zo gelukkig als je zou moeten zijn.

"Ik wilde met je praten. Wil je mee, Marcel?

"Natuurlijk!

Ze stopten bij de richel. Adams ging rechtop zitten, gevolgd door de ander.

"Je gaat zeggen ...

'Het gaat over gisteravond.

"Ik snap het niet.

'Ja. Horace heeft me alles verteld.

"En dat?

'Begrijp je, Marcel. We zijn dankbaar dat je ons uit Duitsland hebt gehaald, maar we begrijpen niet waarom je zo nutteloos wreed moet zijn.

"Bah! Soms vraag ik me af of jullie Engelsen beseffen wat voor oorlog we hier moeten voeren. Door alle demonen die zich verzameld hebben! Wilde je dat ik de dood van twee van mijn mannen ongestraft liet?

'De 'Tordu' heeft enkele kameraden van de groep vermoord.

'Het waren verraders!

'Nee, je houdt me niet voor de gek, Marcel. Ik heb met je mannen gesproken. Je hebt ze vermoord omdat ze niet van de partij waren.

Uit woede balde Santais zijn vuisten.

"Wat als het daarvoor was? vroeg hij uitdagend.

"Als het zo was, zoals het is, zou ik je zeggen dat het zo niet verder kan.

"Wat bedoel je daarmee ...?

"Je hebt al gezien dat de Engelsen je gaan helpen. Maar als ze wisten dat ze het spel speelden met een politiek idee, als ze echt wisten wat de bedoelingen van deze groep waren, denk je dan dat ze je zouden helpen?

'Probeer je me te vertellen dat je ze gaat informeren?

'Dat zal ik doen, Marcel. Tenzij dit allemaal verandert. Je hebt niet het recht om leden van de groep te doden omdat ze niet denken zoals jij, laat staan om burgers op te hangen, die op het juiste moment, na de oorlog, moeten worden berecht.

Minachting stond op het gezicht van de Fransman.

'Het is klote om je zo te horen praten! Maar vertel me één ding: wat deed je voordat je het leger inging?

"Het werkte.

"Waar?

"In Londen.

"Waarin?

"Hij was handelsagent.

"Al. Een leerling-bourgeois. Een element van die walgelijke middenklasse die honger heeft maar niet opgemerkt wil worden. Puah! Realiseer je, mijn vriend: je was gewoon een arbeider, niet meer en niet minder. Een man zoals er zijn miljoenen in de wereld en voor wie we willen vechten.Is dat erg?

"Niet doen. Ik begrijp de strijd voor de verbetering van mannen. Vergeet niet dat ik in een democratie leef. Maar dat is allemaal goed tegen de tijd dat de oorlog voorbij is: nu, Marcel, is ons doel anders.

Santais kneep zijn oogleden dicht en kneep zijn ogen tot spleetjes. Onder de huid van zijn gezicht spanden de spieren zich samen.

"Misschien heb je gelijk", zei hij.

"Vervolgens?

"Mee eens.

"Zullen de executies in de groep stoppen?

"Ze zullen stoppen.

"Zal er niet meer wraak komen op de burgerbevolking?

"Niet doen.

Adams stak zijn hand uit naar de ander, die hem schudde.

'Reken dan op mij. Omdat je moet weten dat ik een radiospecialist ben. Het is een van de dingen die ik heb geleerd in de commando's.

"Prachtig! Ik heb nooit ongelijk en ik wist dat je ons van groot nut zou zijn.

De mannen, Fransen en Engelsen, waren bezig met het verspreiden van de vuren om de Britse vliegtuigen de plaats van de lancering aan te geven. Het was niet echt meer dan een eerdere repetitie, aangezien er nog twee avonden te gaan waren voor de geplande datum.

"Paulus!

"Wilde je iets?

'Ja. Laten we weglopen. Ik wil met je praten.

"Mooi zo.

'Luistert. Er is iets ernstigs dat je ons zou kunnen helpen oplossen.

"Waar gaat het over?

"Van Adams.

"Een knappe man", zei hij. Wat vind ik ze leuk.

"Ik ben blij dat het zo is.

"Waarom?

'Let een beetje op, Paule. Shaw is het niet eens met sommige van onze procedures. Hij is een Engelsman, vergeet het niet. Even openhartig en fantasievol als alle Engelsen. In staat om te zeggen dat hij moest wachten tot de oorlog eindigde, bijvoorbeeld om de burgemeester van Saint Jacques op te hangen.

'Heerlijk! En nu ik het me herinner, waarom nam je me niet mee? Ik zei toch dat ik hem voor de gek wilde houden voordat je ophing.

"Dat zou ik niet kunnen. Maar laat me doorgaan. Je moet voor hem zorgen. Je moet hem afleiden, wat het ook is, hem bij onze spullen vandaan halen, zodat hij ons niet bespeelt."

'Ben je bang dat hij een verrader is?

'Nee, zoiets niet. Maar hij wordt stationsmanager en ik wil niet dat hij 'persoonlijke' rapporten naar Londen stuurt. Begrijp je het nu?

"Ik denk het.

"Het kan ons geen reet schelen wat er na de oorlog met Engeland gebeurt. Onze missie zal zich niet beperken tot het verdrijven van de Duitsers hier, maar tot het vestigen van een Sovjet-socialisme in heel Europa. Daarom zijn we geïnteresseerd in het ontvangen van veel wapens en munitie die niet alleen tegen de nazi's zullen worden gebruikt, maar die we later, indien nodig, tegen de Britten en Amerikanen zullen gebruiken, als ze onze doelen willen belemmeren.

"Ik ben het eens.

"Dan zul je beseffen dat het nodig is om Adams te neutraliseren.

"Maar wat kan ik doen?

"Doe niet zo dom! Cooper heeft ons veel verteld over de sergeant. Wist je dat hij getrouwd was?

"Niet doen.

"Nou, wees verrast. Hij ging vol afschuw het leger in, met een gebroken moreel. Zijn vrouw bedroog hem voor en nadat hij was.

"En daarom werd de dwaas wanhopig?

'Ja. Maar daar gaat het niet om. Denk je dat je hem een beetje kunt afleiden van wat we niet willen dat hij weet?

Ze glimlachte, katachtig.

"Ik denk niet dat het heel moeilijk is. Je hebt me ook net een paar zeer interessante details voor een vrouw gegeven. Het zal moeten worden gevangen door de romantische ...

'Doe wat je wilt, maar zorg dat je zoveel mogelijk slaapt. Het is van levensbelang voor ons.

"Maak je geen zorgen.

"Wanneer ga je beginnen?

'Op dit moment. Waar is die Othello?

'Weg met de mannen.

'Laat het op mijn rekening staan. Ik ben nog steeds niet vergeten wat ik lang geleden heb geleerd, voordat ik ontdekte dat alle mannen varkens zijn ... heerlijk.

Marcel lachte.

"Goed, kameraad. Het is de missie van de partij. Vergeet niet...

"Nee, ik zal het niet vergeten.

En hij stond op en liep weg in de richting van het gebied waar degenen die open waren op de weg en dat de vakbonden zich hadden georganiseerd zodat de massa onderweg geen gebrek aan stimulerende middelen had.

Wat hebben ze genoten en gedanst die dag!

Er was geen gebrek aan de accordeon die ononderbroken speelde en het populaire ritme van de «java's» droeg, die elkaar eindeloos opvolgden, waardoor de paren stof opwaaiden en hun wangen rood kleurden tot ze op vuur leken.

Ze kwamen heel laat terug. De sterren straalden aan de hemel en ze zongen en dansten door de toch al stille straten en stopten van tijd tot tijd om vrolijk hun tong uit te steken naar degenen die uit de ramen leunden om te protesteren tegen dit luidruchtige schandaal.

Het was onmogelijk om bepaalde details te onthouden. Vooral wat ze hadden gedaan. Met moeite probeerde Paule dit punt vast te pinnen, maar het mocht niet baten. De waarheid was dat de dingen hun gebruikelijke uiterlijk hadden verloren en dat het hem leek alsof alle objecten omringd waren door een lichtgevende halo die ze een nieuwe persoonlijkheid gaf, alsof ze niet langer waren wat ze waren om levende, bezielde, vriendelijke wezens te worden. . , lachend...

Bijvoorbeeld...

Wie had licht geworpen op de Seine? Hoe was het mogelijk dat de lantaarns in de verlichting eruit zagen als mannen in formele kleding die een sigaar aansteken?

Hoe grappig!

Bovendien had iemand, zonder twijfel, de bal van de wereld geduwd en de straten en pleinen bewogen, deinend op het ritme van de muziek die de onvermoeibare accordeon in de lucht golfde.

Een jongen zei dat ze het feest door moesten laten gaan.

'Laten we naar de garage van Michel gaan! Hij riep uit. We hebben het laatst schoongemaakt en het is heerlijk om te blijven dansen...

Iedereen applaudisseerde.

Er leek nu iets in Paule's borst te breken, terwijl ze de heuvel afging, op zoek naar de Britse sergeant. Het was alsof iemand zojuist een kristallen beker op de grond had laten vallen en de trilling van elk stuk bleef resoneren terwijl het neerstortte.

Vanaf dat moment waren de herinneringen vaag, misschien omdat het hart botweg ontkende dat ze werkelijkheid hadden kunnen zijn. Het was het moment waarop hij onvermijdelijk de oude kist op zolder moest openen.

Ze dansten, ze dronken; ze dronken, ze dansten. De wereld viel uiteen in brokken licht en alles draaide, duizelingwekkend, maar zonder er vervelend of ongemakkelijk uit te zien. Integendeel: een wellustige sensatie van onstoffelijkheid greep haar, waardoor ze het contact met haar lichaam verloor, alsof ze vleugels had gesprongen en niet meer was dan een muziekstuk dat de accordeon als lichtgevende wimpels losliet.

Later...

De herinneringen vonden hun weg, pijnlijk, één voor één, alsof iemand boosaardig, wreed aan zijn haar trok. De wereld was gestopt met draaien en de jongens veranderden in stoutmoedige, harde, vreemde handen, in een adem die niet losliet van het gezicht: een zure adem, boven gedomineerd door de hatelijke glans van die ogen die veel vonken leken vrij te geven

Het was als een wind van onbeschrijfelijk geweld. Roerend, schreeuwend, hun ogen vol tranen, de gezichten paradeerden naast de hare, altijd met briljanten die hetzelfde leken; altijd met die zure stank die uit dezelfde brutale en schaamteloze mond leek te komen ...

Het rinkelde? Hoe lang chat je al met Adams Shaw? Het is dat hij... Niet doen! Niet doen!

Het kon niet hetzelfde zijn. Niet in staat om het heden van het verleden te scheiden, mengde zijn gekke geest alles door elkaar en leek hij zelfs, tegen de achtergrond van een onnauwkeurige bewolking, het geluid van de leeglopende accordeon te horen, weifelend vanuit een lucht vol noten ...

Hij opende zijn ogen.

De sterren stonden aan de hemel als trillingen van licht. De stilte viel, zwaar, ondraaglijk, op zijn borst. Er was echter een aangename geur in zijn mond, zoals die overblijft nadat hij tot het einde een blonde sigaret heeft gerookt.

Een deel van de lucht was bedekt toen het hoofd van Adams verscheen. Het was onmogelijk voor haar om hem goed te zien, maar de contouren van zijn gezicht waren perfect afgebakend tegen het verre blauw van de lucht.

"Paulus...

Waarom moest hij nu spreken? Besefte ze niet hoe heerlijk het was om meegesleept te worden door die onzichtbare stroom die haar even had weggenomen van de pijnen van een verleden dat ze toch al wilde vergeten?

"Paulus...

De hand van de man rustte op haar haar, zijn vingers erin verstrikt. De vingertoppen streken langs haar slapen en ze voelde een slagader kloppen onder de druk van de huid van de man op de hare.

Ze ging rechtop zitten, op de grond. Nu kon ze hem nader bekijken.

'Paule...' herhaalde hij, geobsedeerd door iets. " Mij...

Ze glimlachte naar hem.

Ze was nog steeds onder de invloed van iets nieuws dat haar, op een onwaarschijnlijke manier, voor het eerst met zichzelf had geconfronteerd. Hoe was het mogelijk, na zoveel bittere ervaringen die niets meer waren dan een modderbad op modder?

Ze keek hem geïnteresseerd aan, alsof ze in staat was iets in zijn gezicht te ontdekken om dat wonder te verklaren. Alles, echt alles, was plotseling gewist, alsof hij net uit een reinigingsbad kwam, iets wat leek op iets dat hij las of hoorde, maar dat hij zich niet specifiek kon herinneren.

Hij maakte opnieuw de fout de stilte te verbreken, wat de basis was van de betoverende charme die haar leek te omhullen.

"Sorry, Paul...

Rivier. Maar hij deed het zonder kwaadaardigheid, alsof hij zijn eigen stem wilde horen, alsof hij bang was wakker te worden uit een onwerkelijkheid die hij al die jaren niet eens had durven voorstellen. Toen ze zich plotseling realiseerde wat er was gebeurd, wierp ze zich op de man en zocht haar toevlucht in zijn sterke armen.

"Adams! Bescherm me!

"Maar...

'Laat me niet gaan, Adams. Laat me niet gaan...

Hij streelde haar haar en zij, haar gezicht tegen zijn gezicht gedrukt, sprak tegen hem, met een zachte stem, als een fluistering, en vertelde hem alles zoals ze het nog nooit iemand had aangedaan. En nu, terug in de tijd, voelde hij niet langer de vreselijke angst, zoals elke keer dat hij naar de zolder ging om het zware deksel van de kist op te tillen, in de verwachting de slangen en spinnen op de achtergrond te zien. Toen vertelde ze hem duidelijk de bedoelingen van Marcel en de rol die hij verwachtte dat ze naast de Brit zou spelen.

Adams streelde haar nog steeds. Vanaf de ingang van de grot, waar het radiostation was geïnstalleerd, kon Adams zien hoe de mannen, onder bevel van Marcel, de wapens oefenden die het Engelse vliegtuig in opeenvolgende nachten had gedropt.

Paule sliep in de grot.

Shaw wendde zich tot haar en kon een glimlach niet onderdrukken. Hoe vaak had hij zich afgevraagd hoe het mogelijk was geweest dat de aanwezigheid van die vrouw, die vulgair leek toen hij haar ontmoette, de vlam van pijn had gedoofd die hem altijd vergezelde.

Zou de communicatie van pijn en lijden nodig zijn om het licht te laten verschijnen? Ik wist het niet, ik wist het niet.

Maar de waarheid was dat beiden er schoon uit waren gekomen, toen ze naderden, droegen ze de last van hun eigen ellende. Paule kende zijn leven nu zoals hij dat van de vrouw kende. Ze hadden zich zonder valse bescheidenheid uitgekleed, benieuwd of het pad dat ze zojuist hadden ontdekt toch niet meer was dan een vluchtige luchtspiegeling.

'Nee, dat is het niet...' peinsde Adams. Het is geweldig en definitief geweest. Nieuwsgierig! Iets alsof twee melaatsen, hun wonden over elkaar wrijvend, zelfs de puisten en de ziekte hadden verdwenen.

Hij zag Marcel de helling op komen en naderbij komen. Hij had zijn voorhoofd afgeveegd en was toen naast de Engelsman gaan zitten, een sigaret nemend uit een van de pakjes die naar hen waren gedropt.

"Is er nieuws?" vraag ik.

'Niet doen. Het is nog vroeg. Ze komen vanavond aan.

"Heeft u de lijst met aanvragen?

"Ja.

"Wij, de groep, gaan erop uit. Alle.

"Ja?

"Ja. We gaan naar beneden om wat rapporten te brengen. Je moet betalen voor wat ze met ons doen. Vind je niet? We gaan de weg en de brug opblazen, voor Saint Jacques. Mooie hit Vergeet niet dat er nu veel nazi-konvooien passeren, op weg naar het gebied dat ze schaamteloos 'niet bezet' noemen.

'Zeg tegen Londen dat we overal gaan aanvallen. Zodra het kan, gaan we de ijzeren brug van Villesud opblazen. Is dat geen goed idee?

"Excellent.

'Ik ga alle jongens voorbereiden. Wil je dat ik iemand voor je op wacht laat?

"Nee, dat hoeft niet.

"Goed. Tot morgen!

"Veel geluk iedereen!

"Dank je... Abur!

Een halfuur later, toen de zon de oranje tinten van de zonsondergang op de heuvels onderging, trok de lange rij mannen weg, de vallei in.

HOOFDSTUK XI

Ze waren op weg naar de weg toen de Tordu tot stilstand kwam en de meeste mannen beval zich te verbergen. Daarna ging hij naar de plek waar Claude, Marcel en Ed Cooper hem opwachtten.

Het was Cooper die de dienst uitmaakte.

"Ik zeg jullie, kameraden, dat we geen huurlingen van het Engelse kapitalisme kunnen worden. Het is waar dat ze ons wapens sturen; Maar denk je dat ze het doen uit welwillendheid of omdat het ze iets kan schelen dat Frankrijk vrij is van de bezetter?

"Hoe? "Vroeg "Tordu". Wil je niet dat de nazi's hier weggaan?

"Dat heb ik niet gezegd! Cooper antwoordde. Natuurlijk wil ik het; maar waarvoor? Om hun prachtige eiland en hun rijk te redden, om de wereld te blijven regeren zoals ze tot nu toe hebben gedaan. Nee, kameraden, we moeten bewijzen aan onze valse vrienden dat we nog slimmer zijn dan zij. We zullen wapens blijven ontvangen en van tijd tot tijd iets doen dat hen bevredigt. Maar onze echte missie is om het communisme in Frankrijk te zaaien. Toen ik met het rode zwaaide vlag hier, zeg ik u dat mijn oude Engeland zich zal moeten overgeven aan het bewijs en dat miljoenen Indiërs en mensen uit andere onderworpen landen de weg naar vrijheid zullen vinden.

'Cooper heeft gelijk,' zei Santais. Niet voor niets, op jouw advies, heb ik kameraad Paule de sergeant laten entertainen. Adams is een brave jongen, maar hij is vergiftigd door burgerlijke vooroordelen.

En wat moeten we doen? Claude viel in, die tot dusver nog niet had gesproken.

"Het is heel eenvoudig," antwoordde Cooper. Onze missie is om de omliggende dorpen te zuiveren van fascistische verraders, van collaborateurs van de Duitsers. Door dit te doen, zullen we het vertrouwen winnen van de Franse arbeiders, die zich aangetrokken zullen voelen tot het verzet en zich bij onze gelederen zullen voegen.

Beetje bij beetje zullen we een aanzienlijke kracht vormen die, wanneer het moment van bevrijding komt, definitief zal zegevieren. Het is noodzakelijk dat wanneer de Engelsen in Frankrijk aankomen, ze niet geloven dat hun overwinning de verlenging van dezelfde stand van zaken zal betekenen die hen tot nu toe exclusief heeft begunstigd ...

"Hoe hij praat! riep «Tordu».

"Formidabel! "Bevestigd Marcel." Je hebt een geweldige kerel bedacht, Ed. En we zijn het allemaal met je eens, maar ik zie iets dat duidelijk is.

"Het feit dat?

'Als we ons, zoals we allemaal willen, inzetten voor het opruimen van de Villesud-medewerkers, zullen je twee metgezellen, Horace en Sam, rennen om Adams te vertellen. Hoe het te vermijden?

"Heel gemakkelijk. Stuur die twee idioten, samen met enkele van onze kameraden, om de Duitsers in Villesud te doden. Hebben ze ons niet verteld dat er nog maar acht of tien nazi's in het garnizoen zouden zijn, aangezien de rest naar een optocht naar Vichy?

"Het is waar.

'Nou, je hebt al een geweldige kans om die twee af te leiden terwijl we de rekeningen vereffenen met de verraders van de stad.

"Je denkt aan alles", bewonderde Claude.

Even later was de colonne onderweg, langs de sloot, richting Villesud.

De sterren straalden, trillend, aan de hemel. Waren ze in staat het geweld te lezen dat mannen in hun hart droegen?

Paule rekte zich lui uit. Ze lag naast Adams, die zich met zijn handen in zijn nek, zijn ogen vernauwd, liet meeslepen door de kalme en kalme loop van zijn ideeën.

"Toen ik een kind was," zei ze, spelend met haar lange haar, "geloofde ze dat de sterren gaten waren in een enorme deken die 's nachts op de aarde viel. Het is merkwaardig! Alles wat mijn grootmoeder me vertelde, die ook Ik geloof dat de maan in staat was om te zakken om mensen te straffen.

"Maan?

"Ja. Mijn grootmoeder was Bretons. Eigenlijk komt mijn familie uit die regio. Het zijn eenvoudige mensen, diepgelovigen, maar vol duister en ver verwijderd bijgeloof... erg nieuwsgierig.

"Zoals die van de maan?

"Ja. Lach niet. Het was iets dat me zo opwond dat ik de nachten bibberend doorbracht als de maan scheen en ik mijn moeder smeekte om het raam goed dicht te doen.

Ze ging naast hem liggen en streelde zijn gezicht.

"Je zult zien. Mijn grootmoeder vertelde me dat er een man was die op een ossenkar door de velden reed. Het was nacht en het had veel geregend. De kar was geladen en de dieren vochten dapper om de plassen te redden waarvan de modder onderkant deed de wielen draaien.

"Plots gebeurde wat er moest gebeuren. Een van de wielen kwam tot aan de as in de modder terecht en het geschreeuw van de voerman had geen zin, noch de slagen van de prikkels die hij aan de arme ossen gaf. De man, moe van het vergeefse vechten, ging aan de kant van de weg zitten en haalde de fles wijn tevoorschijn. Het was toen dat hij uitdagend naar de maan keek en vol woede uitriep:

»" Ik nodig je uit om te drinken als je me helpt de kar uit de modder te halen!

En toen kwam de maan naar beneden en nam hem mee. De volgende ochtend arriveerde de kar in de stad, helemaal schoon en met de ossen uitgerust en glanzend. Mensen vroegen zich af waar de eigenaar van dit alles heen kon zijn en toen de nacht viel, brulden de ossen jammerlijk en hieven hun hoofden op naar de maan. Daar kon je duidelijk het silhouet zien van de man die zich wilde associëren met de krachten van de Demon.

'Heb je dat menselijke silhouet niet gezien, Adams?

"Gek!

"Ik weet dat het een leugen is, maar op dat moment was ik volledig overtuigd en zag ik de man op het bleke gezicht van de maan trillen van angst.

Hij draaide zijn hoofd en keek haar aan.

'Je bent geweldig, Paul.

"Zeg dat niet! Wil je me uitlachen?

"Nee, schat. Voor mij ben je het mooiste van de wereld. Begrijp het. Mijn hart bloedde en je kwam om me te laten zien dat het niet waar was, dat het allemaal een leugen was.

'Je hebt ook aan mijn wensen voldaan, Adams. Het overkwam mij net als jij en ik had mijn toevlucht gezocht tot haat omdat het het enige was dat mij gratis werd aangeboden.

"Er moet iets zijn", zei hij, "dat ervoor zorgt dat degenen die elkaar aanvullen, bij elkaar worden gebracht, wanneer ze niet langer in iets of iemand kunnen geloven.

"Ja het is juist.

'Wat vraagt de man tenslotte, Paule? Een beetje geluk, een hoekje om een huis te smeden, een mogelijkheid tot leven, klein, nauwelijks waarneembaar. Kun je je nu voorstellen wat alle soldaten in de wereld denken? Het is hetzelfde dat je van de ene naar de andere kant kijkt. Ze draaien allemaal om hetzelfde, kleintje. Ze willen naar huis, bij hun dierbaren zijn, hun ellende en lijden vergeten.

Maar dat kunnen ze niet. En weet je waarom? Omdat ze hun geest vergiftigen zolang ze zich kunnen herinneren. Ze zeggen tegen de Fransen: "Hij haat de Duitser! Hij heeft zijn vader vermoord, hij heeft je grootvader pijn gedaan. Het is een oorlogszuchtig volk, belust op macht, destructief." Ze vertellen de Duitser dat hij een superieur wezen is, dat de Fransen een kans verwachten om hem opnieuw te vernederen, dat heel Europa hen veracht. de wereld, overtuigen ze de Amerikaan dat hij het jongste en machtigste ras op aarde is.

»Vergiften die niet ophouden te vallen op het kind, op de adolescent, op de man! Hoe weinigen zijn er die leren dat we van anderen moeten houden, dat ze onze broeders zijn, dat het niet nodig is om elkaar op brute wijze te doden om ermee in te stemmen!

Waarom kunnen we de mooie waarheid niet begrijpen, Paule? Welke demonische kracht komt in ons om ons zo gemakkelijk in woeste beesten te veranderen?

'Het is haat, Adams.

'Haat? Maar denk je dat iemand voor zichzelf kan haten? Het is onmogelijk! Er is een beetje fantasie voor nodig om te zien dat het niet waar is. weet wat we gemakkelijk kunnen zien?

"Niet doen.

"De oorlog is voorbij. Er is een lange tijd verstreken en de Fransen gaan als toeristen op vakantie naar Duitsland. Dat doen de Duitsers ook, die door Parijs dwalen, waar de sporen die de nazi-bezetting heeft achtergelaten volledig zijn vergeten. Begrijp je?

En dat is precies wat mij verdriet doet. Realiseer je de domheid die elke generatie bereid lijkt te begaan. Oorlogen eindigen, mensen rennen door de straten en omhelzen elkaar als ze vrede hebben bereikt. Het niemandsland oversteken, zij die gisteren met elkaar gekruist hebben, elkaar opgewonden omhelzen, kussen, sigaretten en drankjes uitdelen. Waar is die haat die hen een paar uur geleden op hun tanden deed knarsen toen ze fel de trekker overhaalden?

»Nee, Paul. Ze zijn genereus, in staat om te vergeven of te begrijpen. Maar twintig jaar later zullen ze weer hees op straat schreeuwen, buurlanden vervloeken en zich voorbereiden op oorlog.

Wie is de schuldige van dit alles? " Ik vraag.

'En wat weet ik! Soms heb ik geloofd dat de politici verantwoordelijk waren, maar ik heb ze zien beven en vrede wensen, zoals vóór 1939 gebeurde, toen onze minister zich aan Hitlers voeten sleepte.

"Hij is de schuld van alles!

'Dat kan niet, Paul. Hoe kon een man zo'n waanzin ontketenen? Nee. Hitler zou alleen falen en in een gekkenhuis belanden als de mensen om hem heen, zijn mensen, een beetje, maar een beetje nadachten. Maar zijn met gif beladen woorden vinden een weerklank in de harten van menigten, op dezelfde manier als dat het duizenden keren is gebeurd, door de geschiedenis heen.

En het is heel goed mogelijk dat we te goedgelovig en dom zijn, ondanks dat we opscheppen over een superieure beschaving. Dat is wat er gebeurt, kleintje. Elke menselijke groep heeft zijn leugen, zijn grote leugen, waar het zich wanhopig aan vastklampt, er volledig van overtuigd dat het waar is. Elke generatie zet verschillende grote leugens op het toneel van de wereld: kapitalisme, communisme, fascisme, nationaal-socialisme, liberalisme, democratie ... Gigantische leugens die vergiftigen en leiden tot oorlog, haat, vernietiging.

Het is alsof elke man bij zijn geboorte werd veroordeeld om in de grote leugen van zijn eeuw te leven. Om deze reden wordt een man zeker, wanneer hij oud wordt, sceptisch en het is niet langer mogelijk hem in het enthousiasme te trekken dat deze leugens in zijn jeugd opwekken.

"Voor jou, mijn liefste, was de maan in staat om neer te dalen en een gedurfde man te nemen. Het was de grote leugen van je kinderjaren. Ik heb ook een andere leugen ondergaan, in de overtuiging dat alle vrouwen waren zoals degene die me wreed bespotte .. .

"Is die van ons ook een leugen? Vroeg ze angstig.

'Nee, Paule. Want als er een universele waarheid is, dan is het liefde. En als twee wezens van elkaar houden, is dat het moment waarop ze kunnen bevestigen dat ze de strikte en exacte waarheid zijn.

Horace Colton was dicht bij de Fransman die hem begeleidde, rond Villesud, naar de Duitse kazerne. Sam Blue en nog acht aanhangers volgden.

De stad was stil, met zijn stille straten. Een maan, in zijn laatste kwartier, was net voor de bewolking van de wolken opgekomen en had dingen weggesneden waaraan hij een spookachtig uiterlijk verleende.

"Het is er", zei de Fransman.

Arnaut keek naar het huis en zag de schildwacht, roerloos, bij de ingang. De rest van de kazerne was in volledige duisternis.

'Weet je zeker dat de anderen naar Vichy zijn gegaan?

'Ja. Er is daar een feest en de nazi's zullen paraderen, samen met de Laval-militieleden.

'Sam en ik,' zei Horace, 'zullen voor de schildwacht zorgen. Je dekt ons. Begrepen?

"Ja.

"Zodra we de Duitser hebben uitgeschakeld, gaan we naar binnen. Denk je niet dat we wat gevangenen kunnen nemen?

De waarheid is dat hij een afkeer had van het doden van de weerlozen.

'Bah! En wat zouden we ermee doen?

'We zouden ze als gijzelaars op de berg kunnen hebben. En als er officieren zijn, kunnen ze ons rapporten voor Londen bezorgen.

"Nee", antwoordde de ander droog. Kameraad Marcel heeft de opdracht deze nazi-varkens te doden.

"Het is oke.

Hij begreep echter niet zo goed die doodswens die de belangrijkste drijfveer leek in het bestaan van de partizanengroep. Het leger had een te diepe indruk in zijn geest achtergelaten om door het woeste geweld van zijn nieuwe kameraden te worden meegesleept.

Hij liep naar Sam toe en zei met zachte stem:

"Je gaat naar rechts. Ik doe het aan de linkerkant. Wees erg voorzichtig. De schildwacht bevindt zich op een nogal moeilijke plaats om hem te verrassen.

"Mee eens.

De kazerne bevond zich namelijk aan de ene kant van een soort pleintje, met andere gebouwen eraan vast, waardoor het onmogelijk was om van achter de man aan te vallen die stijf bij de ingang stond.

Sam stapte naar voren met het machinepistool in zijn bezwete handen.

Plotseling, toen hij erin geslaagd was om binnen zes meter van de Duitser te komen, zag de laatste hem en wierp onmiddellijk zijn geweer in zijn gezicht.

'Pas op, Sam! Horace schreeuwde wanhopig.

Normaal had Blue eerder moeten schieten dan zijn tegenstander, maar hij was voor hem en Sam viel plat op zijn gezicht en liet het machinepistool vallen. Colton rende toen als een gek en ontving het tweede schot dat, hoewel het alleen door zijn rechterarm ging, hem deed draaien als een tol en hem opzij gooide alsof een gigantische hand hem over het hele lichaam sloeg.

Een van de Fransen gooide een granaat.

Met de schildwacht dood renden de verzetslieden naar de poort en drongen het kazernehuis binnen waar de strijd zich snel verspreidde. Ondanks het feit dat de eerste schoten hen hadden gewekt, hadden de slapende Duitsers geen materiële tijd om hun verdediging te organiseren en werden ze overweldigd door de impuls van de aanvallers.

In de stad gingen tientallen lichten aan.

Kruipend, omdat hij opnieuw gewond was geraakt door de granaatscherven die blind door de Fransen waren gegooid, naderde Arnaut Blue's bewegingloze lichaam, zich realiserend dat hij was gestorven.

Zijn borst deed buitengewoon pijn, waar misschien wat granaatscherven waren doorgedrongen.

Hij duwde zichzelf overeind en liep weg van de kazerne die de maquis in brand hadden gestoken.

"Ik ga dood?" " vroeg hij zich af.

Een onuitsprekelijke angst maakte zich van hem meester. Hij had gedroomd om thuis te komen en hij klampte zich met alle macht aan dat idee vast. Het was volkomen onmogelijk dat hem iets ernstigs overkwam, 'hem'. De dood kon met anderen spelen, maar hij kon zich niet voorstellen dat hem iets soortgelijks zou kunnen overkomen.

Hij leunde tegen de muren van de huizen.

Toen hij het hoofdplein van de stad naderde, hoorde hij een enorm geschreeuw, vermengd met voor hem onbegrijpelijke klaagzangen.

Het duurde niet lang om erachter te komen.

Toen hij bij een hoek kwam, waar de straat waarop hij had gelopen naar het plein leidde, zag hij dat het overvloedig verlicht was, en hij huiverde toen hij het ongelooflijke schouwspel zag dat zich voor zijn ongelovige ogen ontvouwde.

Het plein was, zoals bijna alle steden van de wereld, omzoomd met bomen, met in het midden een monument voor de slachtoffers van de Eerste Oorlog, die door de Duitsers was verwoest.

Coopers stem klonk boven hen allen uit en schreeuwde iets dat Arnaut niet verstond.

Elf mannen hingen aan de takken van de bomen en sommigen hielden weerstand, met wapens in de hand, de wilde opwelling van vrouwen van alle leeftijden die als gekken schreeuwden en probeerden het plein op te komen, tegen te houden.

Sommige opgehangen mannen huiverden nog steeds te midden van de pijnlijke doodsstrijd.

Arnaut kon zich niet langer inhouden en braakte in de hoek en liep toen achteruit, verlangend om terug te gaan naar de sergeant om hem te vertellen dat de woeste waanzin van de "Marcel"-groep niet was gestopt.

'Beesten! mompelde hij terwijl hij naar voren kwam, leunend op de koude muren van de huizen.

Het verschijnen van de groep aanvallers uit de kazerne, die het lichaam van de dode officier het huis in sleepte, deed mannen en vrouwen opnieuw die kilte van afschuw ervaren die hen had geschokt toen ze hun mannen en vrienden zagen hangen.

Een van de maquis naderde de «Tordu», die lachte als een gek, terwijl hij de voeten van een gehangene duwde met de punt van zijn geweer.

"Horace is verdwenen", zei hij tegen haar.

De gebochelde draaide zich naar hem om.

"Engels?

"Ja.

Santais stond naast Cooper.

"Hé, kameraad! riep de «Tordu».

"Hoe gaat het?

'Deze zegt dat Horace is verdwenen.

Santais' ogen fonkelden van woede.

"Missend?

"Ja.

"Tel, klootzak!

"Blue werd gedood door de deur. Het was de schildwacht, die ook de andere Engelsman verwondde.

"En dat?

'Ik verliet de kazerne en zocht naar hen allebei, maar vond alleen Sam... dood.

"Wat dacht je van?

'Slecht. Als die idioot het plein zag, moet hij zijn weggelopen om de sergeant te waarschuwen. Was hij erg gewond?

"Ik weet het niet. De man antwoordde.

"We moeten iets doen! "Zet de bochel erin.

"Natuurlijk", zei Marcel. Grijp een paar mannen en ga naar de berg. Probeer die Engelse hond voor te zijn en als je hem ziet, vul je zijn hoofd met lood.

"Het is goed! Hé, jullie twee! Ga!

"Als deze verschrikkelijke oorlog voorbij is," zei Adams, "neem ik je mee naar Engeland. En als we eenmaal gescheiden zijn, zullen we trouwen en weggaan...

"Het wordt heel mooi", antwoordde ze. Jij realiseert? Een plek waar we kunnen leven zonder deze haat in te ademen die de lucht van Europa vergiftigt.

"Ja. Er zijn plaatsen op aarde waar het nog steeds mogelijk is om te ontsnappen aan de muffe lucht van dit continent. Plaatsen waar het mogelijk is om je alleen te voelen, zonder de benauwende aanwezigheid van een menigte die kruipt, onophoudelijk kruipt, in iets waarvan ze denken dat het leven zijn.

Je kunt je niet voorstellen hoe ver ik ben gekomen om grote steden te haten. Ik heb er altijd in gewoond, bewegend als een klein stukje in een gigantische machine, met nauwelijks tijd om mijn eigen bestaan te realiseren. Nu, hier, ondanks alles, hoe verschillend lijken de dingen!

"Het is alsof we vanaf deze hoogte de wereld domineren en het ver weg zien, vreemd, alsof het niets met ons te maken heeft.

En dat is wat er gebeurt, Adams. We zijn anders, anders en aparter van anderen geworden.

Shaw stond op en keek naar de grot.

'Ik denk dat ze bellen', zei hij.

Hij had het station gereed gemaakt voor de ontvangst die elke avond uit Londen naar hen toekwam.

Alleen gelaten rekte Paule zich gulzig uit. Het gaf hem een enorm genoegen om haar lichaam te voelen, iets wat hij oprecht was gaan haten, het verachtend alsof het een afschuwelijke vloek was die hij had moeten dragen.

Hoe konden Adams' handen, zijn zachte en krachtige handen, deze prachtige transmutatie hebben uitgevoerd?

"Het is alsof ik mezelf heb gezuiverd," zei ze tegen zichzelf, ontroerd, alsof ik een van die mannen was, van wie ik zoveel heb gelezen, wiens handen de zonde uitwissen en alles schoonmaken ... "

Ze voelde zich zo diep vernieuwd dat het was als een wedergeboorte tot leven waarin het verleden voor altijd was verdwenen, als iets vervelends.

Ze streelde haar haar en liet haar handen zakken, om haar borsten te contouren om trillend op haar gladde buik te stoppen.

Hij sloot zijn ogen, gooide zijn hoofd achterover en ademde gretig de geurende nachtlucht in.

Ze was nog nooit zo diep ontroerd geweest en nu probeerden haar handen haar warmste hersenschim te strelen.

"Paulus!

Het scheve, verkleinde silhouet van Horace vormde een silhouet tegen de sterrenhemel. Er was iets aan de man dat zijn gebruikelijke uiterlijk leek te hebben veranderd. En toen ze zag dat hij zwaaide, alsof hij dronken was, rende ze naar hem toe en greep hem stevig vast toen hij leek te bezwijken.

Paule voelde de hete, plakkerige vloeistof.

'Adams! Ze schreeuwde, bang.

Shaw verliet de grot en rende naar hen toe. Ze nam Horace in haar armen en droeg hem naar de ingang van de grot, waarbij ze hem voorzichtig op de dekens legde die Paule haastig op de grond had gelegd.

"Horace! Mijn vriend! Maak je geen zorgen! We zullen je meteen genezen ...

Colton opende zijn ogen.

"Het heeft geen zin, meneer...

"Wat voor onzin zeg je?

"Luister ... ze hebben velen opgehangen op het plein ... van Villesud. Het is afschuwelijk ... ze zien eruit als beesten ...

"Jullie schurken!

'Ze... volgden me... wees voorzichtig... meneer...

"Maak je geen zorgen. We gaan je genezen... Paule!

Bevend naderde ze. Op dat moment zorgde een vreemde intuïtie ervoor dat Horace zijn hoofd in het holst van de nacht draaide.

'Pas op, meneer! Hij schreeuwde hees.

Het schot verraste Adams, die bewogen door een reflex de grond raakte. Toen deed Paule's kreet van pijn hem van top tot teen huiveren.

Hij stond op, vergat alles en rende naar het meisje dat op haar gezicht was gevallen.

"Paulus!

Hij draaide haar om en nam haar in zijn armen. Haar ogen waren wijd open en er druppelde een beetje rood uit haar lippen in een hoek.

Een soort flits ontplofte in Adams' hoofd. Hij rende naar de grot, gehurkt, greep het machinepistool en vertrok, net toen de Tordu en de andere twee naderden, wapens in de aanslag.

Hij had nog nooit met zoveel woede de trekker overgehaald.

Hij bleef schieten, ook al lagen de drie mannen op de grond en naderde hen, terwijl hij tegen de lijken schopte.

"Honden!" Hij kreunde. Je hebt haar vermoord!

Hij liet het machinepistool vallen en keerde terug naar Paule. Toen ze zich Arnaut herinnerde, ging ze dichter naar hem toe en zag dat zijn lichaam duidelijk verstijfd was.

Hij ging terug naar de kant van de vrouw.

Hij ging op de grond zitten, streelde het haar van de dode vrouw en legde toen zijn handen op haar buik.

Hoe kon ik dat weten?

Misschien kenden de sterren, diep in de ruimte, de waarheid: die waarheid die ze had gevoeld, alsof er iets diep in haar ontwaakte.

""Drie Rozen"bellend ...

Hier, 'Trafalgar Square'. Spreek, «Drie Rozen» ...

"Stop zendingen onmiddellijk. De groep werkt alleen, vermoordt burgers en geeft nergens anders om.

"Begrijp het. Is het onmogelijk om de situatie te veranderen?

'Onmogelijk. Ik ben van plan het station te vernietigen en alle munitie en wapens die in het kamp zijn achtergelaten op te blazen.

'Goed, brigadier Shaw. We zijn hem erg dankbaar voor wat hij heeft gedaan. Probeer je later contact met ons op te nemen?

"Ik weet het niet. Nu ga ik knippen ...

"Veel geluk!

"Bedankt.

Hij beukte woedend op het station. Toen ging hij naar de grot waar de wapens en munitie waren, bereidde een lading dynamiet voor, waarvan hij de lont aanstak, en ging toen weg om naast Paule's lichaam te gaan zitten.

De explosie schudde de valleien en reproduceerde zichzelf in duizend verschillende echo's.

'Wat zou dat kunnen zijn?' vroeg Marcel.

De mannen kwamen de helling op.

"Ik ben bang om erover na te denken," zei Cooper.

"Het feit dat?

"Het moet alles hebben opgeblazen.

"Hé? Denk je dat hij gek is geworden?

"De anderen hadden niet op tijd moeten komen. En Horace informeerde hem ongetwijfeld.

"Hond! Weet je niet dat ik je aan stukken ga scheuren?

'Je kent hem niet goed, Marcel. Je had nooit een Brit moeten vertrouwen.

"En jij?

"Het is anders.

'Maar ik kan niet geloven dat ik alles heb vernietigd! Hij is ervan overtuigd dat Duitsland moet worden bestreden. Wat maakt het uit als we verraders executeren? Het zijn tenslotte geen Engelsen...

Kuiper haalde zijn schouders op.

'Ik zie dat je het niet begrijpt,' zei Cooper. Eigenlijk is het moeilijk te begrijpen. Alleen als je met mannen als Adams hebt geleefd, kun je bepaalde dingen begrijpen.

'Hang me op als ik je begrijp!

'Verlies niet meer tijd. We moeten naar boven om te zien of we iets kunnen redden... hoewel het me zou verbazen. Shaw zal de dingen hebben gedaan zoals gewoonlijk.

'Weet je niet dat ik je ga ophangen?

"Denk niet aan hem...

"Vervolgens?

'Het is zijn manier, Marcel. Hij wordt vergiftigd door een reeks vooroordelen die moeilijk uit te leggen zijn. Hij gelooft in het gevecht, maar begrijpt niet dat het zich zo ver uitbreidt dat het burgers meesleurt. Het is het oude erfgoed van het Engelse leger...

Maar heb je niet duizenden Indianen vermoord?

"Het is mogelijk. De oude Albion kan zich bepaalde dingen veroorloven... weg van Europa. Hier, je weet hoe ze dingen doen. Vind je het niet belachelijk dat de RAF per radio waarschuwt zodat de inwoners van een stad gebombardeerd verhuizen?

"Dom!

"Stom, maar erg Brits. 'Eerlijk spelen' heet dat...

"Idioten! Als die sergeant, of wat dan ook, ons pakhuis heeft verwoest, zal ik hem onze fair play leren! Ga je gang!

Hij had eerst Horace begraven en nu was hij klaar met het graven van het graf voor Paule.

Toen hij de schop in de hoop aarde dreef die hij eruit had geschept, naderde hij het lichaam van de vrouw en knielde naast haar.

"Ik heb het je al gezegd, mijn liefste", fluisterde hij, terwijl hij zijn ogen voelde prikken ". Het was onmogelijk om te ontsnappen. Er is een grote leugen om ons heen en niemand kan aan zijn klauwen ontsnappen ... Ik denk zelfs dat ik tegen je heb gelogen toen Ik heb je gezegd dat er nog steeds plaatsen zijn waar je geïsoleerd van de wereld kunt leven. Die zijn er niet, Paule! Leugens zijn als de atmosfeer: ze zijn overal.

En het is dat niemand het recht lijkt te hebben om te leven, lief te hebben, zich oprecht mens te voelen. Als je het wilt doen, als je anderen de hand reikt, proberend hen te laten zien dat je hart vrij is van haat... ze zijn in staat om je handen af te snijden!

Hij nam het lichaam zorgvuldig.

Hij tilde het op en liep langzaam naar de kuil. Toen knielde hij weer neer, bukte zich tot hij zich bezeerde om het lijk zo zacht mogelijk op de aardse, vochtige bodem van het gat te leggen.

Zijn borst scheurde bij de gedachte dat al dat prachtige lichaam spoedig daarna met aarde bedekt zou zijn. De herinneringen aan de laatste dagen overspoelden zijn geest en hij kon de tranen niet langer bedwingen, die over zijn wangen vielen en een bittere smaak in zijn mond brachten, zoals galuitwerpselen ...

Het was het gooien van de aarde.

'Laten we het kamp omsingelen,' zei Marcel. Als je dat hebt gedaan, kunnen we je niet laten ontsnappen.

'En Paule? vroeg Cooper.

'Je vindt het toch leuk?' zei Santais.

"Ja.

"Ik geef het je! En je kunt nu al blij zijn dat ik niet op een andere manier met haar handel, nadat ik gefaald heb in de missie die ik je heb toevertrouwd.

De mannen verspreidden zich en openden zich in een halve cirkel die zich geleidelijk om het kleine plateau sloot.

Een beetje oprukkend, schreeuwde Marcel,

"Hé, Adams! We zijn er, kameraad!

Shaw zette de schop op de grond, hoorde de stem van Marcel en zuchtte diep. Toen ging hij naar de grot en pakte een ander machinepistool, want er waren er altijd twee naast het station, dat nu verbrijzeld lag en een ingewikkeld netwerk van kabels liet zien die uit het gescheurde deksel kwamen.

'Adams! Marcel belde weer.

De Brit bracht het wapen in werkende staat en ging recht naar buiten, oprukkend in de duisternis van de nacht, die al begon te verbleken in het Oosten.

"Adams! We zijn hier! Je hebt toch niets vernietigd?

'Horace heeft tegen je gelogen! Hij was een fascist! Je zult zien wat een geweldige dingen we samen gaan doen!

Het licht van de dageraad kwam lui voort en bevlekte de randen van de nachtmantel met lila.

"Toen ik klein was, dacht ik dat sterren gaten waren..."

'Je hebt zeker niets vernietigd! Ik heb je al verteld dat ik nooit ongelijk had met mannen ... en je bent een formidabele kerel!

Het is alleen waar als twee van elkaar houden, schat. Omdat daardoor de leugen niet tot hen kan doordringen, die liefde ondoordringbaar maakt voor het kwaad ... »

'Spreek je mond, Adams! Wat was die explosie die we hoorden? Het was Horace! Het is niet waar?

«Ik beloof je dat ik het vergeten ben, mijn liefste. Er is niet langer een eerste mei in mijn hart ... Ik zweer het! »

'We houden je in de gaten, Adams! Maar we gaan niet schieten... We blijven samenwerken!

De sergeant ging nog wat verder. Toen stopte het.

En haalde de trekker over.

EINDE

151